감각의 순간

: 유럽 일상 편

감각의 순간

: 유럽 일상 편

초 판 1쇄 2025년 08월 25일

지은이 임준이
펴낸이 류종렬

펴낸곳 미다스북스
본부장 임종익
편집장 이다경, 김가영
디자인 임인영, 윤가희
책임진행 김은진, 이예나, 김요섭, 안채원

등록 2001년 3월 21일 제2001-000040호
주소 서울시 마포구 양화로 133 서교타워 711호
전화 02) 322-7802~3
팩스 02) 6007-1845
블로그 http://blog.naver.com/midasbooks
전자주소 midasbooks@hanmail.net
페이스북 https://www.facebook.com/midasbooks425
인스타그램 https://www.instagram.com/midasbooks

© 임준이, 미다스북스 2025, *Printed in Korea*.

ISBN 979-11-7355-370-7 03810

값 18,000원

미다스북스는 다음세대에게 필요한 지혜와 교양을 생각합니다.

감각의 순간

: 유럽 일상 편

임준이 지음

미다스북스

Contents

목차

02# 익숙한 낯섦은 설탕보다 달아, 포르투

프롤로그

#이 책을 읽는 방법

프롤로그

이 책은 '일상 속 짧은 순간들을 포착하고

다양한 단어를 활용하여 그 순간들을 표현한

글 모음집'입니다.

글자와 문장이 주는 시각적·감각적 자극을 통해

당신이 그 순간과 연결되고, 상상하며

일상의 존재와 그 가치를 느낄 수 있기를 바랍니다.

부디 즐거운 시간이 되시길!

#작가가 추천하는, 이 책을 읽는 방법

1. 형식에 구애받지 말고 아무 페이지나 펼쳐서 읽기.

   – 단어를 온전히 느끼고 충분히 상상하려 노력해 보세요.

   – 하루 만에 다 읽으려 하지 마세요!

   – 여유를 가지고 느긋하게 사유합시다.

2. 한 에피소드를 다 읽고 나서 사진 확인하기.

   – 자신이 상상한 것과 비슷한 이미지인지 비교해 보세요.

   ※ 사진이 없는 순간도 있으니 그러한 순간들은 제가 그린 그림을 참고

   해 주시기를 바랍니다!

3. 자신이 상상한 것과 전혀 다른 느낌의 사진이 나왔다면, 글로 돌아

   가서 다시 읽어보기.

4. 상상이 잘 되고 머릿속에 이미지가 잘 그려지는 페이지 또는 기억

   에 남는 장면들이 담긴 페이지를 표시해 두기.

5. 하루가 벅차거나 익숙한 다짐이 다시금 필요할 때, 그 페이지를 펼

   쳐서 읽기. (작가의 바람: 그런 페이지가 단 한 페이지라도 있길…!)

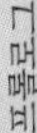

01

우리의 잔향은 지워지지 않아,
틸부르흐

집 떠나면 개고생

1.

예약해 둔 에어비앤비 숙소의 문 앞.

붉은 벽돌이 가지런히 쌓인 3층 집을 올려다본다.

지붕 위로 시커먼 구름 떼가 몰려온다.

굳게 닫힌 문 앞에 짐을 쌓아 둔다.

내 다리 길이만 한 30인치 캐리어와 커다란 암회색 배낭.

그리고 너덜너덜한 고무바퀴가 달린 20인치 캐리어 한 개.

무표정하게 지나다니는 우람한 서양인들 사이로

길쭉한 자전거를 탄 아저씨가 문 앞으로 온다.

"열쇠만 전해주고 다시 일하러 가야 해."

장갑 낀 손바닥 위로 덩그러니 놓인 열쇠.

딸칵.

문이 열리고 '드디어 들어간다!'라는 기쁨도 잠시.

어두운 녹색의 모직물을 덮은 15개의 계단이 나를 맞이한다.

'아, 제발요.'

한 층마다 20cm의 높이를 가진 계단 무더기.

5kg 배낭을 등에 멘 채

25kg 캐리어와 12kg 캐리어를 양쪽 무릎을 이용해

그 무더기의 꼭대기까지 끌고 올라간다.

2.

<u>꼬르르륵.</u>

텅텅 비어 있는 배 안에서 각종 내장이 꼬이기 시작한다.

"전자레인지를 어떻게 사용하면 되나요?"

"아직 그걸 사용해 보진 않았는데, 버튼을 눌러보실래요?"

"버튼을 눌러봐도 음식이 뜨거워지지 않아요."

"…"

1분 만에 오던 답장은 10분, 20분이 지나도 오지 않는다.

미지근한 물을 담은 냄비를 인덕션 위에 올리고 전원을 켠다.

검은색이었던 표면이 점점 붉어진다.

10분이 지난다.

물은 어떠한 반응도 없이 잔잔하다.

20분이 지난다.

조금씩 물의 말끔한 표면이 흐트러지며 울렁이기 시작한다.

14

30분이 지난다.

보글보글.

기포가 하나둘씩 동그랗게 올라오고 터지기를 반복한다.

"와, 드디어!"

목구멍에 꾹 머금고 있던 소리가 저절로 튀어나온다.

3.

방으로 들어오자마자 차갑고 건조한 공기가 나를 감싼다.

"라디에이터가 작동하지 않아요."

"그거 다음 주에 고칠 거예요."

'다음 주엔 저희가 없는데요…. 아, 그래서?'

마트에서 사 온 귤을 까서 원형 탁자 위에 올린다.

귤 조각 10개와 귤껍질.

'귤을 가습기로 쓸 줄은 꿈에도 몰랐네.'

침대에 올라앉아 바지를 걷어 올린다.

살갗 속에 퍼렇게 맺힌 핏덩이들.

무릎 곳곳에서 캐리어를 지탱하며 생긴 멍들이 보인다.

긴 티셔츠 위에 바람막이와 두꺼운 양모 외투를 껴입는다.

다리토시를 하고, 나일론 바지 위에 면 체육복을 껴입는다.

털장갑을 끼고, 수면양말을 신는다.

매트리스가 내 무게에 못 이겨 푹 꺼져버린다.

크고 무거운 이불을 턱 밑까지 끌어당긴다.

고개만 오른쪽으로 돌려 방 중앙에 있는 원형 탁자를 보니

귤이 다 말라 있다.

'아,

겨울 베란다 바닥에 누워 거인의 발에 밟힌 기분.'

'아, 겨울 베란다 바닥에 누워 거인의 발에 밟힌 기분'

3월에 함박눈이 내리는 곳

지표면의 차가운 공기 덩어리가 위로 올라간다.
기체 상태의 수증기 덩어리는 점점 커지고,
그 안을 돌아다니는 공기 알갱이들은 점점 차가워진다.

그렇게 하늘에 닿은 알갱이들은
물방울들로, 얼음 알갱이들로 변한다.

구름은 하늘을 하얗게 채우고,
안개는 지평선을 이루는 평평한 건물 위로 낮게 걸린다.
무거운 얼음 결정들은 공중에서 버티지 못하고,
결국 창백하게 떨어진다.

새하얀 원 하나가 손 위로 사뿐히 내려앉는다.
그 여섯 개의 가지를 가진 별 모양의 결정체는
손바닥에 닿자마자 금세 녹아내린다.
오싹하다.

앙상한 나뭇가지 끝에
얼음 방울이 동글동글하게 맺히고 하얀 눈이 소복이 쌓이다가
대롱대롱 매달린 나뭇잎 하나를 아래로 빠뜨린다.

나는 **빳빳한** 침대 위로 풀썩 쓰러진다.

비슷한 한기가 느껴져 이불을 목 끝까지 올린다.

토독토독.

나의 창문을 두드리는 그들을 무시한 채,

나는 오늘도 침대 위에서 가만히 고인다.

작은 우물 밖으로 나오려고 그렇게나 발버둥을 쳤지만,

막상 우물 밖으로 나오니

오히려 새로운 우물을 만들고 그곳에 머무르는[1] 나.

'밖은 너무 추운걸.'

---

1) 더 나아가지 못하고 일정한 수준이나 범위에 그치다.

구름은 하늘을 하얗게 채우고,

안개는 지평선을 이루는 평평한 건물 위로 낮게 걸린다.

얼음덩어리

투둑. 투두둑. 투둑.

창문으로 누군가가 돌을 던지는 것 같이

둔탁한 소리가 들린다.

'뭐지? 누구지? 나 지금 인종차별 당하는 건가?'

커튼을 열면 돌을 들고 있는 누군가와

정면으로 마주칠 것 같아 무섭다.

투두둑. 투두둑. 투두둑투두둑.

소리가 점점 더 빠르고 강해진다.

침대에서 나와 창문 앞에 선다.

눈을 감고 셋을 센다.

하나, 둘, 셋.

눈을 번쩍 뜨고,

검고 얇은 리넨 소재의 커튼을 양쪽으로 확 젖힌다.

눈앞으로 무언가가 휙 지나간다.

아래를 본다.

작은 얼음덩어리들이 복도에 가득하다.

하얗고 동그란 우박이 투두둑 떨어지며
내 방 창문을 치고 복도 바닥에 굴러다닌다.

하늘을 본다.
어두운 회색빛의 거대한 뭉게구름 하나가
주황빛 하늘의 반을 채운다.

그 거대한 구름 주변으로 보랏빛이 열렁이더니
번갯불이 번쩍인다.

쾅광.
대기가 요란하게 울리며 우렁찬 소리가 들린다.

어둠을 품은 구름과 어둠이 내리는 건물들 사이로
하늘은 더 붉게 빛나고,
우박은 더 하얗게 선명하다.

'마른하늘에 내리는 우박이라. 신선하네.
근데 나 조금 있으면 파리 가야 하는데….
나가도 되는 거지?'

어두운 회색빛의 거대한 뭉게구름 하나가

주황빛 하늘의 반을 채운다.

계란 폭발

8:00.
학교에서 먹을 점심을 만들기 위해
냉장고 문을 연다.

가로로 놓인 두 개의 칸막이로 나누어진 냉장고 안.
고개를 살짝 들어 맨 위층의 맨 오른쪽 구역을 본다.

어제저녁에 사둔,
하얗고 단단한 껍데기를 둘러싼 계란 4개와
빨갛고 싱싱한 방울토마토가 담긴 투명한 플라스틱 상자
그리고 파랗고 통통한 블루베리가 가득 찬 종이 상자.

계란 1개를 꺼내 소라색 도자기 그릇에 담는다.
계란이 잠길 만큼만 물을 채우고,
하얗고 납작한 도자기 그릇으로 위를 덮는다.

소라색 그릇과 하얀색 그릇이 아래위로 덮인 하나의 뭉텅이.
그것이 들어간 전자레인지를 돌린다.

위이이잉. 띵.

펑. 쨍그랑.

전자레인지 문을 열자 하얀 그릇이 나를 향해 튀어 오르고
빠르게 바닥으로 떨어진다.
그릇이 깨지며 하얀 파편이 여기저기로 튀어 나간다.

전자레인지 안을 본다.
뚜욱. 뚜욱.
형체를 알 수 없는 흰색과 노란색의 무언가가 떨어진다.

아래를 본다.
바닥에 누워 있는 각기 다른 크기의 조각들.
그 조각들을 빗자루로 쓸어 담는다.

싱크대 옆에 놓여 있는 휴지를 둘둘 감아
전자레인지 벽에 덕지덕지 붙어있는 계란 조각들을 닦아낸다.

둘둘 말린 채 눅눅해진 휴지 뭉텅이들과
뾰족하고 여전히 단단한 그릇 조각들을 봉지에 넣어서 묶고
주방의 구석에 둔다.

그리고 자전거를 타고 학교에 가면서 생각한다.
'귀찮더라도 계란은 삶아 먹자!'

'귀찮더라도 계란은 삶아 먹자!'

석양볕은 장밋빛 색안경을 씌운다

1.

적색 신호등 아래서 일렬로 멈춰버린 자동차들.

그 옆을 유유히 지나가는 자동차 한 대.

수많은 땅울림과 그을음이 하수구로 흘러든다.

하늘의 별들은 사라진 지 오래.

쩌렁쩌렁하게 빛나는 조명들이

그들을 대신하여 땅을 하얗게 비춘다.

2.

그럼에도,

인간이 만들어낸 땅의 별빛들은 오래 가지 못한다.

하나둘씩 꺼지는 조명.

홀로 선 석양볕이 장밋빛 색안경을 씌운다.

비교 대상에도 미치지 않는, 차원이 다른 빛으로 온전하다.

하늘의 빛은 땅의 풍경을 아름답게 비추는 법을 안다.

땅의 모든 것들을 자연스레 드러내는 법을 안다.

이것은 그 어느 하나도 놓치지 않는다.

평평한 거리와 삼각형 지붕과 높은 건축물.

앙상한 나무의 몸통들과

그 껍질을 깨고 부수며 나온 낱낱의 가닥들.

낮고 높은 것들이 모두 보이고,

크고 작은 것들이 한 올 한 올 선명히 드러난다.

타베아의 뜨거운 사랑

탁 트인 부엌.

싱크대 위로 난 창문 밖으로 테라스가 보이고,

부엌 양쪽으로 구멍이 뻥 뚫려 있어서

왼쪽으로는 테라스와 오른쪽으로는 현관 복도와 연결된다.

보글보글. 보글보글.

싱크대 뒤에 있는 가스레인지를 바라본다.

빨간 라즈베리와 하얀 크림이 냄비 안에서 뒤섞이며

진한 분홍빛의 걸쭉한 액체로 변한다.

"와, 색깔 예쁘다! 이거 이름이 뭐야?"

"Heiß Liebe. 독일어인데 '뜨거운 사랑'이라는 뜻이야."

그녀가 만든 사랑이 더운 연기를 뿜어내며

새하얀 그릇 안으로 쫀득하게 흘러내린다.

싱크대 위 창문을 통해 따듯한 바람이 들어온다.

부엌을 가득 채운 상큼한 냄새가 양쪽으로 퍼지며

집 전체에 스며든다.

식탁 정중앙에 놓인 그녀의 사랑.

그것은 붉은 형광빛을 내며 탐스럽게 반짝인다.

차가운 바닐라 아이스크림을 한 숟가락 크게 뜬다.

그 위에 그녀의 사랑을 잔뜩 올리곤 한입 가득 맛본다.

적당한 온도, 적당한 달콤함.

식탁 정중앙에 놓인 그녀의 사랑.

그것은 붉은 형광빛을 내며 탐스럽게 반짝인다.

흉터와 치유

침대에서 빠져나와 바닥을 딛고 일어서는 순간,
오른쪽 무릎이 시큰거려 헐렁한 바지를 걷어 올린다.
보랗게 멍이 들고 빨갛게 상처가 아문 흔적.
그 흔적을 보며 어제의 기억을 되짚어 본다.

집으로 가는 길.
앞에서는 타베아가 자전거를 타고,
하늘에는 별들이 나의 뒤로 슉슉 지나간다.

털썩.
자전거가 오른쪽으로 기울면서 나도 넘어진다.
풀숲이 푹 꺼지며 흙이 옷에 덕지덕지 달라붙는다.

엉덩이와 무릎을 툭툭 털고 일어나려는데
오른쪽 무릎이 시큰거려 바지를 걷어 올린다.
무릎에서 피가 난다.

타베아가 끼익 멈추곤 나를 돌아보며 괜찮냐고 묻는다.
나는 그 질문에 대해 골똘히 생각하곤 괜찮다고 답한다.

사실 나는 나의 상처를 사랑한다.
시간이 지날수록 미미해지는 기억에 비해
상처는 점점 더 짙어지며 언젠가는 아물어 흉터가 되니까.

찌릿한 느낌이 들면, 까먹다가도 어느새 그때가 떠오른다.
치대면 치댈수록 질긴 덩어리로 뭉쳐지는 무언가처럼
파면 팔수록 뭉쳐 모이는 기억의 조각들.

저마다의 흉터에는 저마다의 추억이 담겨 있다.
좋든 싫든 그 무엇과도 상관없이
오롯이 남은 그 기억을 난 흉터라 부른다.

그렇게 어제의 기억은 끝이 나고 다시 현재로 돌아온다.
그리고 흉터를 손으로 어루만지며 생각한다.

'지금도 나는 이 흉터 덕분에
과거에 잠시 갔다 왔네.'

내가 사랑하는 순간을 담은 흉터는
아무리 못생겨도 쉽게 용서가 된다.

얼마나 오래 지속되는지
어떻게 생겼는지는 상관없이,

어떠한 것도 바라지 않고 쉽게 부둥켜안을 수 있는 것.

그것이 나에게는 사랑이자 위로이자
이미 치유되어 버린 상처이다.

어디서든, 언제나, 어떻게든 달은 진다

지잉지잉.

진동 소리에 눈을 뜬다.

고개를 돌려 오른쪽에 있는 책상을 본다.

모서리 밖으로 반쯤 튀어나온 휴대전화.

진동이 계속 울리자 휴대폰이 움직이며

조금씩 책상을 벗어나려고 한다.

지잉지잉.

'이제는 꺼야 하는데….'

지잉지잉.

'진짜 꺼야 하는데….'

지잉지잉.

쿵.

나무 바닥을 찍으며 둔탁한 소리가 난다.

나의 몸이 이불 밖으로 나가지 않게

오른쪽으로 몸을 틀어 최대한 손을 뻗어 휴대폰을 집는다.

36

뚝.

고요하다.

8시부터 울리던 알림이 8시 2분이 되어서야 꺼진다.

차르륵.

누운 채로 손을 뻗어 커튼을 오른쪽으로 힘껏 젖힌다.

비스듬히 보이는 나무와 건물.

그러나 하늘에 걸린 하얀 점 하나는 여전히 둥글다.

어떻게 봐도 달은 둥글고,

어디서든 달은 진다.

비스듬히 보이는 나무와 건물.

그러나 하늘에 걸린 하얀 점 하나는 여전히 둥글다.

설거지

내 손을 감싸는 분홍색의 얇은 막.
그 위로 흐르는 투명하고 차가운 물줄기.

곳곳에 튀어있는 물방울이 반짝이고,
곳곳에 고여있는 웅덩이가 찰랑인다.

얇은 막 위로 여러 질감이 느껴진다.

무겁게 미끈거리는 도자기와
차갑게 미끈거리는 유리용기.

가볍고 뻑뻑한 고무 뚜껑과
가볍고 차가운 스테인리스.

수세미 틈새 사이로
거품이 하얗게 부풀어 오른다.

손끝 너머로
미끈거리던 기름은 사라지고
뽀득거리는 감각이 느껴진다.

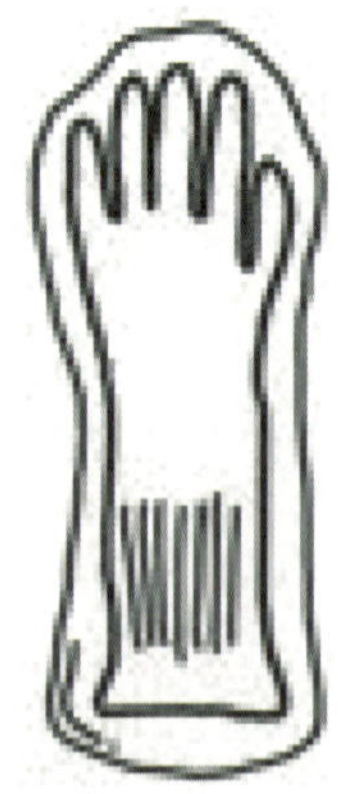

축제와 맥주

어둠이 다가오며 하늘이 점점 검어지자
형형색색의 조명들이 화려하게 땅을 비춘다.

저녁 6시 이후로는 굳게 닫혔던 가게들의 문이
새벽에 다다라도 닫히지 않는다.

각자의 테라스에 줄지어서 있는 맥주 판매대와
ID 카드를 보여줘야만 건네주는 맥주 판매원들.

하이네켄을 주문한다.
투명한 플라스틱 컵에 기포가 섞인 노란 액체가 담긴다.
그것은 빠르게 차오르다 밖으로 울컥울컥 넘친다.

끈적해진 컵을 건네받는다.
끈적한 바닥을 밟으며 거리로 나선다.

끈적하게 내딛는 걸음걸음마다
몽글히 올라온 거품이 좌우로 흔들리며 줄줄 흘러나오고,
컵 표면을 타고 내려오는 액체가 바닥으로 뚝뚝 떨어진다.

사람들의 끕끕한 열기와 후끈한 취기는
끈끈하게 엉겨 붙어 나에게 척척 들러붙는다.

공기 속 선선한 바람과 낯선 언어들은
자유롭게 움직이며 나를 해방시킨다.

맥주 거품처럼 금세 사라져 버리는 축제.
그 속에서 퐁퐁 터지는 우리.

'아, 짜릿하여라.'

어둠이 다가오며 하늘이 점점 검어지자
형형색색의 조명들이 화려하게 땅을 비춘다.

사람들의 꿉꿉한 열기와 후끈한 취기는
끈끈하게 엉겨 붙어 나에게 척척 들러붙는다.

나이는 숫자에 불과해

1.

형광 주황색과 형광 연두색으로 가득 찬 마을.

웅장한 천막이 하늘을 덮고, 사람들이 그 아래에 바글거린다.

초콜릿을 흠뻑 적신 츄러스와

설탕을 잔뜩 묻힌 츄러스를 양손에 들고

해맑게 웃고 있는 어린이들.

그들의 입가에 달콤한 기쁨이 덕지덕지 묻어 있다.

반쯤 마신 맥주를 한 손에 든 채

무리 지어 다니고 서로 이야기를 나누며

한껏 들떠 있는 젊은이들.

그들의 주변으로 어질어질한 활기가 복닥복닥 뒤끓는다.

저마다의 스타일로 화려하게 꾸민 제복을 입은 채

북을 치고 노래를 부르며

화려하게 즐기는 늙은이들.

그들의 눈동자에 반딱반딱한 생기가 화르르 켜진다.

2.

버스를 타고 집으로 가는 길.

축제의 여파는 집으로 가는 길에서도 계속된다.

만석인 버스와

어지러운 내부

그리고 축제 그 자체로 둘러싸인 사람들.

그 중에서도 한 할아버지가 눈에 띈다.

어깨에 금빛 솔이 달린 제복을 입고 목도리를 두른 할아버지.

그가 우리를 보더니 말한다.

"방식은 다르더라도, 우린 누구나 즐길 수 있어."

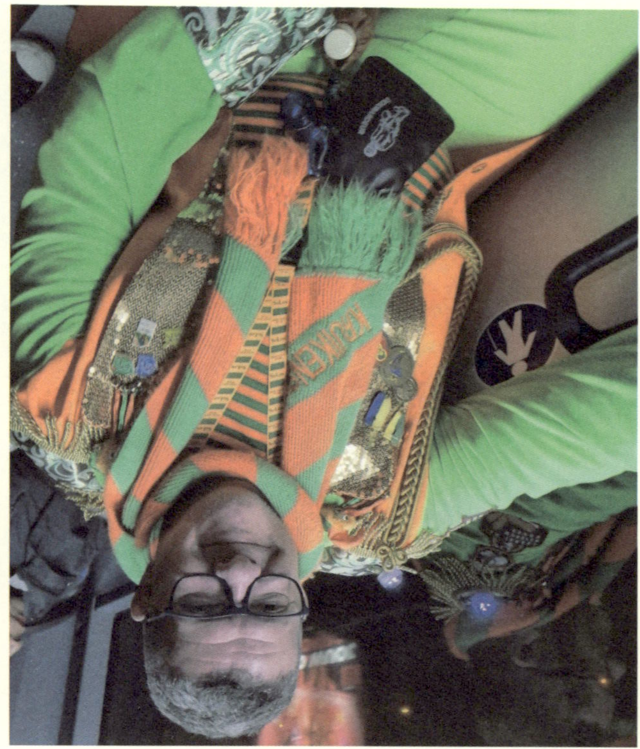

세나의 반짝이는 따스함

19:30.
유럽의 서머타임이 시작된 이후,
노을은 지평선 아래로 내려갈 생각을 하지 않는다.

눈부신 햇살이 큰 창문을 통해 잔뜩 들어오자
부엌 전체가 뜨거운 열기로 가득 찬다.
더위에 못 이겨 창문을 연다.

비이잉. 비이잉.
건들면 톡 터질 거 같이 통통한 파리가
창문 틈 사이로 쏙 들어와서
요란한 소리를 내며 빙빙 날아다닌다.

"이제 다 끝났어."
세나를 본다.
케밥이 담긴 보라색 플라스틱 접시를 들고 빙그레 웃는다.

그녀의 올라간 입꼬리에서 빛나는 다정함이 콸콸 흘러넘쳐
식빵 위로 소복이 쌓인 각종 채소 위로 뚝뚝 떨어진다.

눈부신 햇빛이 창문을 통해 들어와 세나를 비춘다.

그녀의 두 손 사이에 있는 음식이 반짝거리고,

튀르키예의 따스함이 가득 담긴 하얀 연기가

모락모락 피어오른다.

파란 하늘 아래, 시샘 바람이 불어오네

1.

검은 쫄쫄이를 입고 검은 복면을 쓴 채
창문 밖으로 달아나는 한 명의 도둑.
창문에 줄을 연결해 벽을 타고 내려오는 그의 뒤로
묵직한 봇짐이 보인다.

자신의 처지를 어떻게 생각하고
어떤 사람을 그렇게 부러워하고
그 사람의 어떤 물건을 그렇게 탐내는가?

그의 샘한 모습은 그렇게 나에게 포착된다.

2.

연두색 옷을 입고 고개를 90도로 꺾은 채
무표정하게 포도주를 쏟아붓는 한 명의 남자.
가로등 크기만한 하얀 의자에 앉은 그의 오른손에서
보랏빛 포도주가 콸콸 쏟아 내린다.

자신의 처지를 어떻게 생각하고
어떤 것을 그렇게 미워하고

그것의 어떤 부분을 그렇게 더럽히고 싶은가?

그의 샘한 모습은 그렇게 나에게 포착된다.

그들을 지나쳐 나에게 닿은 바람이 가볍고 어둡다.
'아,
파란 하늘 아래서 시샘 바람이 불어오네.'

여유로운 꿈에서 우리의 시간이 흐르게

주룩주룩 비가 온다.
유리 위로 주르륵 미끄러져 내리는 물줄기들.

버스 정보를 확인한다.
'다음 주 월요일까지 파업'.

자체적으로 휴강을 한 후,
가만히 누워 비가 그치기만을 기다린다.

저녁이 되자 구름이 걷히며 오묘한 빛깔의 하늘이 드러난다.
'하늘은 비가 그친 후가 제일 예쁘다더니 진짜네.
… 아닌가? 하늘은 학교 안 간 날이 제일 예쁜가?'

(어쨌든, 이대로 집에만 있기에는 풍경이 아까워서)
두 명의 친구에게 전화를 한다.
우리는 자전거를 타고 재즈바로 향한다.
비가 그친 직후의 바람이 선선하다.

빨간 대문을 열고 안으로 들어간다.
작은 무대를 바라보는 원형 탁자와 의자들.

그중 가장 뒤쪽에 있는 곳에 자리를 잡는다.

무대의 막이 걷히고,
통기타를 멘 남녀가 자리를 잡는다.

내가 좋아하는 사람들과 맥주를 마시며
4시간 동안 라이브 노래를 듣는 삶.
행복하다.

무대의 막이 걷히고,

통기타를 멘 남녀가 자리를 잡는다.

설탕 한 스푼이면 쓴 약이 술술 넘어가

바람은 아직 차갑지만,
햇살은 따스하다.

주변은 여유롭고 크루아상은 맛있고
같이 있는 사람은 좋고 하늘은 예쁘다.

언덕 위를 거니는 할아버지,
땀을 흘리며 보드 타는 학생들,
노란색 원반을 던지며 노는 두 사람.
잔디밭 위에 앉아 맥주를 마시는 사람들,

새싹이 파랗게 돋아나는 나의 봄철은
무수한 단맛과 무수한 쓴맛으로 마구 섞이는 중.

언덕 위를 거니는 할아버지,

흩날리는 리본 아래, 얇고 가늘게 흥얼거리네

형태 없는 세 명의 목소리가 나의 귀를 스치고,

자글자글 모인 흙 입자들이 바람을 타고 이동하다가

나의 신발 안으로 들어온다.

주변의 소음은 백색이 되어 무한한 공간을 만들고,

그 무수한 존재 속에 숨어든 한 명의 목소리가

가느다란 형태를 띤 채 하늘거리며 다가온다.

"우리, 바람이 되자."

먼저 가던 두 명의 친구가 뒤를 돌아 그녀를 바라본다.

그녀가 미소를 지으며 팔을 양옆으로 쭉 뻗자,

얇은 천 조각이 바람에 따라 펄럭인다.

희미하게 비치는 천 사이로 뽀얀 살결이 움직이고,

그 살결 위로 햇살이 비친다.

다양한 무늬와 색감이 새겨진 그녀의 옷감이

그녀의 몸짓을 나비의 날갯짓처럼 보이게 만든다.

이 순간들을 조각조각 잘라내어 내 안에 덕지덕지 붙인다.

윤기 없이 말라붙어버린 과거의 순간들은 떨어져 나가고,
촉촉하게 광택을 내는 현재의 순간들이 끈끈하게 달라붙는다.

길쭉하게 흩날리는 모든 것들 아래서
얇고 가늘게 흥얼거리는 우리.

나를 구성하는 것들

1.

고소한 온기가 느껴지는 옥수수 나초 위로

다양한 재료가 담긴다.

신선한 채소들,

톡 쏘는 살사 소스,

상큼한 라임즙,

매콤한 할라페뇨,

부드러운 치즈.

연한 육질의 닭고기.

이 모든 것들은 입안에서 뒤섞여

진한 풍미를 이룬다.

다채롭고 풍부하다.

2.

매끈한 바닥에 고무 매트를 깐다.

그 위로 연한 초록색의 담요를 올리고,

적당히 단단한 베개를 바닥에 둔다.

서로 어느 정도 적당한 거리를 둔 채
한적한 공간 속을 감도는 정적 위에 눕는다.
평온하다.

히피 머리를 한 강사님의 지시에 따라
천천히 호흡을 조절하며
고요한 움직임을 만들어낸다.

고양이가 기지개를 켜는 것처럼
몸이 늘어나며 근육이 이완된다.

유연하게 균형을 이루는 나의 몸을 마음과 연결하는 지금.
외부의 활력과 내면의 평화가 서로 상응하는 순간이다.

3.
거대한 통창 안으로 거대한 바람이 들어온다.
나는 바람 위에 서서 그들의 일부가 된다.

나의 몸이 바람과 연결되는 감각을 느껴본다.
그들에게서 나오는 산뜻한 기운과 가벼운 촉감.

바람이 스치는 머리와 몸통.
바닥을 디디는 차가운 발바닥.

섬세한 햇살이 피부에 침투하고,
온화한 자연의 에너지가 감각에 흡수된다.

잎사귀가 바람에 흔들리는 소리에 따라 호흡은 깊어지고,
나의 모든 것들은 새들의 지저귐 그리고 나뭇잎의 향기와
연결되어 편안해진다.

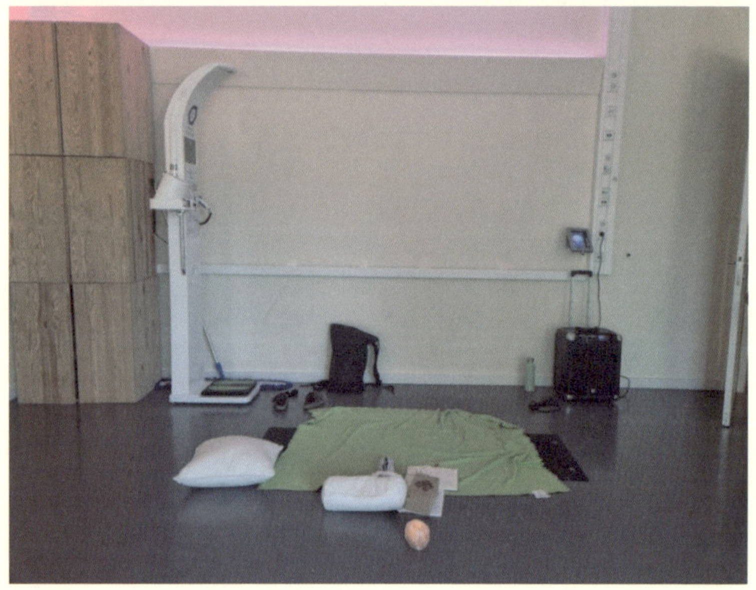

'유연하게 균형을 이루는 나의 몸을 마음과 연결하는 지금.
외부의 활력과 내면의 평화가 서로 상응하는 순간이다.'

거대한 통창 안으로 거대한 바람이 들어온다.
나는 바람 위에 서서 그들의 일부가 된다.

길어지는 오후의 그림자

오늘은 6월의 화요일.
지금은 저녁 9시 30분.

목요일부터 다음 주 월요일까지 프랑스에 갈 예정이라
혼자 방에서 하루 종일 지내며 과제를 한다.

채팅방에 완성된 과제를 올리고, 다시 방 밖으로 나온다.
다섯 번째다.
이로써 다섯 번째만에 나는 방에서 완전히 탈출한다.

노을이 불투명한 유리로 된 현관문을 통과하여
길고 불그스름한 그림자를 만든다.

이번에 마주한 복도의 색감은 연한 자몽.
처음 마주한 레몬이 붉어지며 오렌지로 변하고,
붉어지던 오렌지가 결국 다섯 번째에는 자몽이 된 것이다.

오늘 하루 유일하게 마주친 보에를 다시 만나
함께 '라따뚜이'라는 영화를 보기로 작정한다.

일단 부엌으로 들어가 아껴놓은 짜파게티를 조리하고
그 위에 계란프라이를 두 개나 올리는 호사도 부려본다.
과제를 끝내느라 수고한 나를 위해.

질소가 가득한 팝콘 과자 봉지와
계란프라이 두 개를 올린 짜파게티가 들어 있는 냄비를 들고
내 옆 방으로 들어간다.

굳게 닫힌 나의 방문 옆에서 활짝 열린 채
나의 방문(訪問)을 환영해 주는 보에의 방문(房門).

벽에 붙어있던 책상은 침대 앞으로 나와 우리를 맞이하고,
우리는 각자 손에 든 것을 그 위에 올린다.
나는 음식을, 보에는 태블릿을.

그렇게 음식을 먹고 영화를 보며,
이번 주 금요일에 함께 갈 파리 디즈니랜드에서
그곳에만 있는 라따뚜이 테마관을 함께 즐기기 위해
[라따뚜이]를 한 번도 본 적이 없다는 보에와 함께
그녀는 예습을, 나는 복습을 한다.

※

그리고 이 순간 덕분에 그녀는 앞으로 나의 '레미[2]'로 불린다.

이 순간이 없었다면,

그녀가 나의 '레미'가 될 일도 없었겠지.

아무렇지 않게 지나가는 순간들이

사실은 아무렇지 않지 않음을,

참 의미 있음을 뒤늦게서야 깨닫는다.

---

2) 영화 라따뚜이의 주인공, 미식을 추구하고 요리 실력이 뛰어나다.

노을이 불투명한 유리로 된 현관문을 통과하여

길고 붉그스름한 그림자를 만든다.

소프트아이스크림

나는 지금, 아이스크림 가게 앞에 있다.

가게 입구 옆에 있는 거대한 아이스크림 모형.
하얀 우유가 부드럽게 올라가 3개의 층을 이룬다.
플라스틱 모형의 매끈한 표면이 광택을 낸다.

쫀득쫀득한 젤라또와는 또 다른 매력을 가진,
맨질맨질한 소프트아이스크림.
'그래, 이제 먹을 때가 됐지.'

비스듬히 쳐져 있는 천막 아래로 들어간다.
"아이스크림 하나 주세요."

위잉위잉.
원뿔형 모양의 연갈색 과자 위로
보드라운 우유가 천천히 떨어진다.

완전한 액체도 고체도 아닌, 그 사이의 상태.
'단단한 철통에서 이렇게 이런 것이 나오다니!'

혀를 이용해 그 새하얀 표면을 훑는다.

혀의 오돌토돌한 돌기들이 그 매끈한 형태를 허문다.

각 돌기에서 말랑말랑한 차가움이 느껴진다.

태양이 나를 녹이고,

나는 아이스크림을 녹이고,

아이스크림은 여름을 녹인다.

원뿔형 모양의 연갈색 과자 위로
보드라운 우유가 천천히 떨어진다.

내 작은 방

빛바랜 하얀 문.

그 앞에 깔린 어두운 회색 수건.

정면으로 보이는 32인치 회색 캐리어.

그 위로 놓인 자질구레한 물건들.

그 물건들을 지탱하는 밝은 갈색의 옷장.

울퉁불퉁한 흰 벽.

그 위를 기어다니는 은빛 벌레.

벽에 붙어있는 물때 가득한 거울.

그 앞에 뜬금없이 서 있는, 때 묻은 세면대.

옷걸이 5개가 걸려있는 회색 행거.

그 아래에 있는 작은 쓰레기통.

광이 나는 마룻바닥.

그 위로 쌓여있는 빨래 더미.

삐걱대는 회색빛 침대.

과자가 널브러져 있는 책상과 그물망 의자.

그리고 이 모든 것을 눈감을 수 있는,

경치 좋은 통창.

찰랑이고 출렁이고 넘실거리며 흐르는

내 주변에 있던 사람들이 하나둘 떠나기 시작한다.

지난주에는,
같은 집에서 6개월 이상을 함께 살며
가끔 함께 요리를 하고 외식도 한 세나가

오늘은,
암스테르담 공항에서 같이 노숙을 하고
3박 4일 동안 모로코를 같이 여행했던
세 명의 한국인 친구들이 이곳을 떠난다.

그래.
같은 집에서 살기도 하고 함께 여행을 가기도 한 인연임에도,
언제까지고 계속 함께 있을 거라는 보장은 애초에 없었다.

'아, 인연은 이렇게 쉽게 가버리는 것이었나.'
슬픈 기분이 들지만, 밖으로 터져 나오진 않는다.
로즈 와인 속에 들어간 코르크 마개처럼
빨간 마음속에 들어가 울렁이기만 하는 마음.

무엇에 가로막힌 걸까.
현실의 냉정함? 냉담함? 냉철함?
아니면 그냥 성장인 건가.

나의 현실이,
나의 성장이,
나의 마음이
자꾸만 매슥거린다.

01 우리의 잔향은 지워지지 않아, 틸부르흐

몸짓 하나 속에 반응한 거리가 흐릿한
찰나 움직여 반응한 얼어있구나 흐릿함에.

금이 가버렸구나, 물이 흐르네

고요한 잿빛의 오전.

안개가 뿌옇게 마을을 덮고,

수증기가 은은하게 피어오른다.

몽환적인 느낌과 묘한 잿빛의 분위기.

꿈속이라고 착각할 즈음.

축축한 냄새가 나기 시작한다.

툭.

물방울 하나가 단단한 하늘을 뚫고 떨어진다.

투둑. 투둑투둑.

물방울은 여러 갈래의 물줄기가 되어 땅바닥에 쏟아진다.

비가 부슬부슬 내린다.

꿉꿉한 빗물 냄새가 나기 시작한다.

날아가는 비행기 하나가

공중에 떠 있는 물방울 하나를 터트린다.

온몸에 붙은 추위.

투명한 공기가 온몸에 얼어붙는다.

'아, 금이 가버려 물이 흐르네.'

안개가 뿌옇게 마을을 덮고, 수증기가 은은하게 피어오른다.

몽환적인 느낌과 묘한 잿빛의 분위기.

햇살을 머금은 분홍빛 과일들

1.

뽀얗게 익은 진분홍빛의 과일이 가득 쌓인다.

뭉툭하게 굴러다니는 납작하고 둥근 모양이 탐스럽다.

4유로 50센트를 건네자

그것이 하얀 비닐봉지에 우수수 담긴다.

총 1킬로그램.

아래로 묵직하게 꺼진 비닐봉지 안에서 하나를 꺼낸다.

그 부들부들한 표면을 한입 베어 문다.

모가 나지 않은 채 무질게 덩어리진 형태가 뭉개지며

입꼬리 사이로 진물이 끈적하게 흘러내린다.

알맞게 익어 물러버린 납작 복숭아.

2.

딱딱하게 굳어버린 아이스크림 위에 콕콕 박혀 있는

딸기와 그래놀라.

단단하게 얼어버린 딸기는 태양 빛을 반사하고
더 단단해진 그래놀라는 태양 빛을 흡수하여
연분홍빛 아이스크림 위로 빛과 그림자를 만들어낸다.

아삭거리는 생딸기와 와그작거리는 그래놀라의 얼음과자.

알맞게 익어 물러버린 납작 복숭아

01 우리의 건강은 지워지지 않아, 틸뷔르흐

제2회 치즈 파티

나의 변함없는 원픽인 '파인애플 치즈'를 포크로 떠먹는다.
여전히 상큼하고 달콤하다.

찐득찐득한데 말랑말랑하기도 하여
신기하고 새로운 식감의 무화과 '빵'.
고소한 무화과 씨앗과 달달한 무화과잼 1리터가 꽉 응축되어
씹을 때마다 입안에서 검질기다.

적당히 단단한 하얀색의 막으로 뒤덮인 'rouge 뭐시기 치즈'를
반으로 가르자, 초록색 냄새가 잔뜩 난다.
나무로 가득 찬 숲의 쌉싸름한 맛.

시퍼런색의 무언가가 콕콕 박혀 있는 '푸른곰팡이 치즈'를
포크로 떠먹자, 입안에서 소똥 냄새가 풍긴다.
꿀이랑 같이 먹어본다.
거북한 맛이 사라지며 담백해진다.

이 모든 치즈와 곁들여 마실 과일주로는
민솔 언니가 추천한 그린 포도주.
너무 달지도 너무 쏩쓸하지도 않은 신선한 향기와 맛이다.

이 모든 치즈와 곁들여 마실 과일주로는
민솔 언니가 추천한 그린 포도주.

루이보스

뜨거운 물에 티백을 담근다.

투명한 액체는 어느새 연주황색으로 변하고,

컵 위로 진한 꿀 냄새가 퍼진다.

"내가 가장 좋아하는 차야."

보에가 오른손으론 유리컵을 들고

왼손으론 기다란 유리 막대기를 저으며 말한다.

유리잔이 점점 더 짙어진다.

달큰한 향기에 어울리는, 따스한 색깔.

그 붉음은 천천히 회전하며 나를 편안하게 만든다.

홀짝이며 차를 마시는 그녀의 입가에

옅은 미소가 번진다.

진한 꿀 냄새가 퍼질 때,

나는 그녀와 함께 있음을 느낀다.

그녀가 굳이 나와 같은 장소에 있지 않아도

그것을 다시 느낄 때,

우리의 관계에는 한계가 없음을 알아챈다.

(적어도 나에게 있어서 그녀는.)

그리고 이것은 더욱 짙어질 것임을 확신한다.

지금도 여전히.

그 너머의 세계에는 무엇이 있을까

1.

처음 보는 생명체가 호수 위를 둥둥 떠다닌다.

하얗고 얇은 다리는 한가로이 물속을 헤엄친다.

그 로봇 같은 다리가 유유히 움직이자,

잠잠했던 물의 표면에 진폭이 생기며 작은 파동이 일어나고

파장이 넓게 늘어져 호수 가득 퍼진다.

2.

이전의 세계에는 무엇이 있었던가.

이곳의 세계는 그때의 세계와 무엇이 그렇게나 다른가.

저 멀리 있는 지평선 너머는 지구의 반대편.

그 너머의 세계에 살고 있는 지금의 나는 사실

발악 중이다.

이곳에 오기 위해 사용한 나의 비용과 시간이 아까워서

어떻게든 나의 눈에 아름답고 새로운 것을 담기 위해.

이곳은 내가

오랫동안 동경했고 사무치게 사모했으며

우러러 받들어 온 꿈의 세계이기에.

그러나 왜일까. 왜 지금일까.

한껏 아름답고 평화로운 풍경을 보고 있는 지금,

왜 이전의 세계가 떠오르며 애틋해질까.

이곳에서 완전한 자유를 잡고 있다고 생각했는데,

그것은 그저 나의 건방진 착각이었나?

실제론 언제나 벗어나고 있는 자유를

어떠한 성과도 내지 못한 채,

억지로 붙잡아 놓으려고 한 것뿐이었나?

애초에 벗어나는 것이 자유이며 자유는 벗어나는[3] 것이다.

'보이는' 자유에 집착하고 붙들고 있는 내가

이곳에서 '완전한' 자유를 즐기고 있다는 생각은

거만하고 교만한 걸 넘어,

그냥 엉성하기만 한 나의 소산물일 뿐이었던 것이다.

---

3)   구속이나 장애로부터 자유로워지다.

수많은 지평선을 넘으면 결국 우리는 처음에 다다르게 된다.

맨 처음 우리가 있던 그곳에.

그래, 자유는 멀리 있는 것이 아니었다.

이 세상에 태어난 순간.

웅크린 채 빈틈없이 힘껏 찬 상태에서 벗어난 순간.

그 순간에 우리는 이미 자유를 얻는다.

녹색들 사이에서 깊어지는 하늘

1.

우리는 호수 위에 떠 있는 나무 갑판에 둘러앉아서

각자가 사 온 술을 꺼낸다.

그린 포도주, 적포도주, 맥주 2개.

나는 적포도주를 마시며 나초를 먹는다.

포도주를 병째로 마셔본 적은 이번이 처음이다.

(당연히 처음이어야지.)

'아, 날씨 좋다.'

2.

네덜란드 교환학생으로서의 삶이 막을 내린 날.

학교가 아닌 어느 건물에 옹기종기 모여

학기를 마무리하는 행사에 참석한다.

우선 점심으로 타코, 토마토수프, 샌드위치 등을 먹고

행사 중에는 맥주와 탄산음료를 마신다.

가장 학교에 많이 온 사람, 가장 성적이 좋은 사람 등
나름 긍정적인 부류의 상들이 스크린에 뜨고
뒤이어 그에 맞는 학생들의 얼굴이 뜨며 이름이 불리자
그들은 앞으로 나가 소감을 말한다.

이때,
'trickiest traveler' 상이 화면에 뜬다.

"trickiest? 저 단어 뜻이 뭐지?"
"까다로운? 까다로운 여행자 상 같은데?"
"뭐야. 그렇게 긍정적인 느낌의 상은 아닌 거 같네.
근데 뭐, 나는 아닐 거니까."

이때,
나의 얼굴과 내가 인스타에 올린 사진들이 화면을 채우며
내 이름이 이곳 가득 울려 퍼진다.
'앗….'

교수님이 앞에서 손짓하며 나를 불러낸다.
난 앞으로 나가서 소감을 말한다.

"감사합니다. 앞으로도 여행에 미쳐 있는 사람이 되겠습니다."
"지금까지 가본 여행지 중에 어디가 제일 좋았어?"

생각해 보지 않은 질문이 튀어나와 무의식적으로 대답한다.
"당연히 네덜란드. 하하하."

3.
타베아와 보내는 마지막 밤.
민솔 언니 집에서 늦게까지 놀다가
타베아와 나는 집으로 돌아가기 위해 밖으로 나온다.

어느새 달라져 있는 바람의 냄새.
하얀색 냄새가 분홍색 냄새로 변한 것도 이미 이전의 일이며
지금은 초록색 냄새로 향긋하다.

과거의 건조한 흙냄새가 산뜻한 꽃 냄새에서
파릇한 풀 냄새가 된 현재.

하늘은 보랗고 주황게 물들고,
여전히 켜져 있는 가로등의 작은 불빛들은
내 뒤로 옅은 그림자를 만든다.

잘라냈다고 생각했지만,
뒤돌아보니 어느새 더 길어져 있는 검은 꼬리를 보며
아쉬움은 도마뱀의 꼬리와 같음을 깨닫는다.

결국엔 모두 똑같았던 하루와

결국엔 모두 비슷했던 고민이 쌓여

오늘의 나를 만들고,

그렇게 수많은 순간이 지났기에

난 언제나 나날을 마주하고 포옹하고 입 맞추며

살아간다.

그렇게 수많은 순간이 지났기에
난 언제나 나날을 마주하고 포옹하고 입 맞추며 살아간다.

간신히 천천히 낮게 드리우는 그늘

1.

어느 날.

적갈색으로 칠해진 자전거 도로 위를 달린다.

일자로 쭉 뻗은 길.

분명 끊임없는 직선 길인데

보지 못한 풍경이 계속해서 튀어나온다.

'지구는 진짜 둥글구나.'

내 앞에서 빠르게 달려가는 민솔 언니와

내 뒤에서 천천히 달려오는 유진이와 보에.

이마에 땀이 송골송골 맺힌 우리는

25분 만에 데퐁트 미술관에 도착한다.

뾰족한 천장에서 하얀빛이 새어 들어오고,

이곳저곳에 세워진 차가운 철제 조형물들 아래서

천천히 돌아가는 관람차가 보인다.

2.

다음 날.

오후 11시에 아침 겸 점심을 먹고 기차역으로 간다.

기차가 도착하자 유진이 혼자 기차 위에 올라탄다.

이곳과 저곳을 나누는 직선 사이에서 나뉘는 우리.

사는 세계가 같은 곳에서 다른 곳으로 분리되는 순간,

도마뱀 꼬리의 모습을 한 그림자가 나의 뒤에 새로이 또 생긴다.

발뒤꿈치에 묶인 그림자의 개수는 벌써 6개.

이미 오래전에 바닥에 스며들어 옅어진 4개의 그림자와

최근에 생겨 여전히 짙은 2개의 그림자.

3.

같은 날.

침대에 가만히 누워 있지만 잠이 오지 않는다.

민솔 언니에게 전화한다.

"자전거 타러 가자."

세로로 쭉 뻗은 나무들이 양옆에 있는,

가로로 쭉 뻗은 도로를 달리자

무수한 바람결이 나에게 불어오고

싱숭생숭한 감정이 그 바람결에 날린다.

저녁 11시, 돌아와서 바라본 하늘엔

구름의 그림자가 진한 보라색을 띄운 채

간신히, 천천히, 낮게 드리운다.

돌아와서 바라본 하늘엔 구름의 그림자가
진한 보라색을 띄운 채 간신히, 천천히, 낮게 드리운다.

인연: 인과관계 따위는 필요 없는, 당연한 만남

마을 내 수제 케이크 맛집으로 유명한
Zoete Zaken 카페에서
익숙한 얼굴 하나를 우연히 마주한다.

"어? 언니!"
수연 언니가 놀라며 나를 본다.
서로를 바라보며 호탕하게 웃는 우리.

"아는 사람이야?"
주문하다 말고 갑자기 빵 터진 나를 의아하게 바라보며
주인 할머니가 묻는다.

"네, 제 친구예요! 아, 그리고 당근케이크도 주세요."
나는 빠르게 대답하고 주문도 끝마친다.

내가 주문한 가정식 레모네이드와 당근케이크가 나온다.
단맛은 전혀 없고 오롯이 신선하고 상큼하기만 한 음료와
풍신한 시트 위에 적당히 단 생크림과 당근이 올라간 케이크.

바로 옆 테라스에서 불어오는 햇살의 바람이 보드랍다.

바로 옆 테라스에서 불어오는
햇살의 바람이 보드랍다.

깜빡이는 신호등 뒤로 하루가 저무네

도로와 인도 사이에서 서로를 바라보며
일정하게 줄지어 서 있는 까만 직사각형.

탁. 탁. 탁. 탁.
깜빡거리는 녹빛에 맞춰 일정하게 들리는 소리.
그 소리가 점점 빨라지다가 멈추자
그 초록빛이 빨간빛으로 변한다.

깜빡이는 신호등 뒤로 달이 홀로 진다.
환하게 빛나는 달빛을 외따로 서서 바라본다.
내 주변에 있던 모두는 다 어디로 가버린 걸까?

문득 사무치는 그리움.
갑작스레 찾아온 인연이 갑작스레 사라진 것처럼
그리움도 느닷없이 찾아와 느닷없이 사라진다.

무수한 인연의 단계들처럼
무수한 그리움의 단계들.

살그머니 그리워했다가 재빠르게 돌아오는 마음.
가볍게 그리워했다가 무겁게 돌아오는 마음.
생각나는 대로 그리워했다가 생각 없이 돌아오는 마음.
미치게 그리워했다가 거뜬히 돌아오는 마음.

어떠한 단계든 그 단계를 거치고 나면,
나는 다시 '늘상'의 상태에 이른다.

단계의 과정에서 나온 것들이
같잖은 부산물처럼 여겨져도 괜찮다.

어떤 시간 범위에 한정되어 있던 나는
기어이 모든 시간 범위에 걸쳐진 나로 돌아와
홀로 후련해진 상태로 다시 밤낮을 보낼 것이니.

깜빡이는 신호등 뒤로 달이 홀로 진다.
환하게 빛나는 달빛을 외따로 서서 바라본다.

참 좋은 인연, 참 귀한 인연

To. 친애하는, 2023년의 우리에게

1.
따사로운 5월에 있는 언니의 생일 덕분에,
알버트하인에서 산 생크림을 가득 품은 딸기 케이크와
바삭한 초코칩이 가득 얹힌 초코케이크를
한입 가득 머금은 우리.

입안 가득 케이크를 물고
포도주 서열 TOP 7에 든 이탈리아 로제 와인을 마시는,
우리의 추억은 달콤하기만 해.

2.
좁은 방 안에 최대한 많은 의자를 들고 왔지만,
의자 하나가 부족해 서 있기도 하며
너의 과제를 위해 오순도순 모인 우리.

적당한 크기의 나무 책상에 둘러앉아
형광등 불빛 아래서 복작복작 이야기를 나누는,
우리의 모습은 아름답기만 해.

3.

커튼을 치자

방 전체를 흡수한 빛은 사라지고 어둠이 깔려.

작은 모니터에서 나오는 빛을 바라보며

술을 마시고, 팝콘을 씹어 먹고, 아이스크림을 떠먹는

우리의 오후가 그립기만 해.

4.

맞아.

사실 우리 각자에겐 아무것도 없어.

하지만 우리 서로에겐 가장 가치 있는 것이 있지.

우리는 서로를 의지하지 말고 각자 굳건히 서서

서로의 일상에서 행복을 공유하고 슬픔을 나눌 수 있는,

그런 관계가 되자.

From. 2024년의 나로부터

생일자!!

술을 마시고, 팝콘을 씹어 먹고, 아이스크림을 떠먹는
우리의 오후가 그립기만 해.

떠다니며 흩어지고, 흩어지며 내려앉는 순간들

1.

보에가 짐을 싼다.

새로운 집으로 이사 가기 위해.

나도 짐을 싼다.

새로운 나라로 이사 가기 위해.

'서로'의 삶이 '각자'의 삶이 되어 살아갈 준비를 하고

익숙한 삶이 또 다른 삶으로 변하는 과정의 한가운데에 선 우리.

2.

보에의 이사를 도와주고 나니

어느새 밖에는 해가 지고 비가 추적추적 내린다.

나는 집으로 돌아간다.

같은 곳에서 함께 나와 같은 곳으로 혼자 돌아가는 모습.

두 개였던 그림자가 어느새 하나가 되어버린 모습을 보며.

물웅덩이를 찰박찰박 밟으며 걸어간다.

여러 곳에 적당한 거리를 둔 채 띄엄띄엄 떨어진 웅덩이들.

세로로 굵게 떨어지는 선들은 새로운 경계가 되어
주변 사람들과 나의 사이를 선명히 나누기 시작한다.

3.

구름이 이리저리 모이더니 타원을 만든다.
작은 구름들이 모여 만든 것이었음에도,
이 풍경은 마치 하나의 거대한 구름에 구멍이 뚫린 것 같다.

저 구멍 너머에는 무엇이 있을까?
'여기'가 아니라 '저기'로 가고 싶다는 생각이 든다.

생각은 감정으로 이어지고,
뇌에서 흘러넘친 물이 감정의 파도를 만든다.
콸콸 넘쳐흐르는 물이 온몸을 채운다.

강한 파도에 휩쓸리고 이리저리 움직이다 보니,
버릴 것은 모두 그 축축한 액체에 흘러가고
간직할 것은 모두 내 몸에 축축하게 젖어 든다.

그렇게 나는 어딘가로 떠다니고 우리는 어딘가로 흩어지며
수많은 마주침과 만나고 헤어진다.

'파도의 역할은 모래 위에 새겨진 흔적을 지우는 것이던가.'

외로움이란

외로움은 익숙한 것.
떼어내려야 절대로 떼어낼 수 없는 것.

주변의 사람들과 자연들과 사물들은
나에게서 외로움을 떼어내 주는 듯하지만, 그것도 잠시.
결국에는 더욱더 큰 외로움을 붙인다.

그들이 아무렇게나 떼어내 버려도 그 흔적은 여전하기에.
아니, 오히려 더 끈적해져 엉망이 되어버리기에.
'그래, 이럴 거면 새로운 외로움이 붙는 것도 괜찮겠다.'

외로움은 단단한 것.
망가지려야 절대로 망가질 수 없는 것.

그러니 그 위를 향유하는 내가
마주하는 모든 것들에 대한 인연은
언제나 진실할 수밖에 없다.

그들이 오고 가는 것은 자연스러운 현상이고,
자연스러움은 항상 진실이기에.

외로움은 단단한 것.
망가지려야 절대로 망가질 수 없는 것.

외로움은 단단한 것.
망가지려야 절대로 망가질 수 없는 것.

영원한순간: 영원은 한순간

30인치 캐리어가 20인치 캐리어로 변하는 순간이다.
큰 것을 작게 만들기 위해서는 비움의 과정이 꼭 필요하다.

비움의 과정.
첫 번째, 쓸모 있는 것과 쓸모없는 것을 선별한다.
두 번째, 쓸모없는 것들의 더미를 과감히 내다 버린다.

그렇게 나는 옷과 각종 잡동사니로 가득 찬 30인치 캐리어를
기숙사 내에 있는 분리수거함에 버린다.

5분 후.
마음에 걸리는 옷이 하나 있어 다시 돌아갔지만,
내 캐리어만 벌써 사라지고 없다.

아쉬운 기분이 슬쩍 고개를 내밀었지만,
어차피 돌이킬 수 없다는 것을 알기에
그의 고개를 꾹 누르고 생각한다.
'그래. 버리려고 다짐한 순간부터 그건 이미 나의 것이 아닌 거야.'

빈손을 앞뒤로 흔들며 방으로 돌아간다.

손도, 마음도 가볍다.

'아,

나는 이로써 이제서야

바캉스(vacance[4])를 즐길 준비가 되었구나.'

---

4) 공석. 비어 있는 상태

그렇게 나는 옷과 각종 잡동사니로 가득 찬 30인치 캐리어를 기숙사 내에 있는 분리수거함에 버린다.

02

익숙한 낯섦은 설탕보다 달아, 포르투

파란 물 위로 쏟아져 내리는 노란 빛

공중을 부유하던 햇살이 차르르 부서져 내리자
연노란 햇빛 가루가 공중에 떠다닌다.

태양을 통해 공중으로 뿌려진 레몬색 빛 가루.
그것은 따스한 위로가 되어
강의 찰랑한 표면 위로, 나의 그윽한 무릎 위로
나붓이 가라앉는다.

차르륵 넓게 퍼진 잔물결.
자잘하게 이는 그 물결들이 공기의 움직임을 따라
하얀 비단 커튼처럼 나풀거린다.

단단한 철 구조물 아래로 흐르는,
유연한 물 덩어리가 한가로이 돌아다니다
굳건한 건물들을 받치는 묵직한 돌들을 적신다.

파란 물 위로 쏟아져 내리는 노란 빛을
오늘 이곳에 새겨진, 찬란한 햇빛의 형태로
오늘 이곳에서 나는 기억한다.

순간은 찰나의 것.

분명히 존재했지만 순식간에 보이지 않는 것.

그러니 순간은 눈에 담는 것이 아니라,

마음에 담아야 하는 것.

'지금 이 순간은

나의 모든 감각에 선명히 스며들었으니

이제 영원하다.'

파란 물 위로 쏟아져 내리는 노란 빛을
오늘 이곳에 새겨진, 찬란한 햇빛의 형태로 기억한다.

분홍 낭만이 세상을 물들여

1.

상쾌하고 따듯한 초저녁.

한 소년이 차가운 돌바닥에 앉아
무언가를 뚫어져라 바라본다.

'무엇을 저렇게 빤히 보고 있는 걸까?'
그 아이의 시선이 닿는 곳으로 고개를 돌린다.

2.

하늘은 분홍빛으로 물들고,
기타 소리를 담은 공기는 바람을 타고 유연히 흐른다.

겹겹이 쌓인 물의 입자 위로
빛의 입자가 반사되어 붉게 자글거린다.

한 쌍의 연인이 붉게 물든 하늘을 배경 삼아
서로 기대어 사진을 찍는다.

3.

여전히 들려오는 노랫소리.

Charlie Puth의 [Marvin Gaye].

그들은 부드러운 몸짓으로 춤을 추고

나는 부드럽게 고개를 움직이며

이 순간에 녹아든다.

그렇게 이곳은 나의 전환점이 된다.

도무지 존재하지 않을 것 같았던, 여유로운 세계 속에

내가 존재한다.

한 소년이 차가운 돌바닥에 앉아
무언가를 뚫어져라 바라본다.

번잡한 도시 속 시간의 여백

아래로 땅이 기운다.
옥빛 잔디에서 회색빛 도로로,
푸른 강에서 붉은 건물로.

모든 것이 한눈에 내려다보인다.
빨간 불 위에서 신호를 기다리는 사람들,
샛노란 관광버스와 새하얀 승용차,
엿가락처럼 길게 늘어진 다섯 명의 청년.

신호등의 색깔이 바뀐다.
사람들이 서로를 마주하고 빠르게 지나친다.
달려오던 버스는 끼익 멈추고,
달려가던 차는 잽싸게 지나간다.

폭신하지만 약간은 따끔거리는 잔디 위로
하늘을 보며 누운 다섯 청년은
꼼짝없이 제자리를 지킨다.

그들의 머리와 몸은 그대로 노출되어
이슬을 머금은 잔디를 지그시 누르며

눅눅한 흙에 배어든다.

노래와 탁 트인 풍경과 앉을 곳이 있다는 것은,
비가 개고 할 일이 다 끝나 마음이 여유롭다는 것은,
그 어디라도 갈 준비가 되었다는 뜻이며
그 어디를 가더라도 마음이 좋다는 뜻이다.

비 온 뒤 잔디가 젖어
엉덩이가 축축해지는 것쯤은 기꺼이 무시할 만큼.

오른쪽을 본다.
검은 목줄이 채워진 큰 개 한 마리가
내 쪽으로 걸어오다가 공원 중앙에 멈춘다.
그리고 제자리에 서서 오줌을 눈다.

고개를 다시 왼쪽으로 돌려 청년들을 본다.
여전히 땅바닥에 누운 채 유여하다.

'아….
일어나세요! 한가로운 청춘들이여!'

폭신하지만 약간은 따끔거리는 잔디 위에서
하늘을 보며 누운 다섯 청년은 꼼짝없이 제자리를 지킨다.

내 모든 삶의 기쁨, 늘 충만하네

여름 한낮의 습도가 끈적이지 않는다.
온전히 산들거리는 여름밤처럼
오롯이 뜨듯한 여름 낮.

태양에서 나오는 세로토닌 분자가
짙은 농도로 나에게 달라붙는다.

나를 빛내고 온 세상을 빛내는,
그 밝은 빛 에너지는
청록색 강에 닿아 노란 물결을 만들어내고,
돌 언덕에 닿아 검은 그늘을 만들어낸다.

뒷짐을 지고 걸어가는 노부부.

연남색 옷, 검은 안경테, 형광 주황색 배낭을
착용한 할아버지와
연분홍색 옷, 검은 선글라스, 형광 주황색 크로스백을
착용한 할머니다.

그들의 모습과 주름 그리고 동작 하나하나에서

그들이 함께 살아온 세월이 그대로 드러난다.

서로를 닮은 그들의 분위기는 차분하다.

그들의 모습과 주름 그리고 동작 하나하나에서
그들이 함께 살아온 세월이 그대로 드러난다.

세로로 다가와 가로로 퍼지는 파도를 올라타

사과 하나를 아삭 깨문다.

달걀 삶는 소리가 보글보글 들린다.

달걀을 탁 깨고, 한입에 삼킨다.

'으, 텁텁해.'

우유를 벌컥벌컥 마시고, 밖으로 나간다.

버스가 온다.

"카드 받아?"

"아니. 현금만 받아."

5유로를 건네고, 2유로 50센트를 받는다.

버스에서 내린다.

길 한가운데를 차지한, 거대한 빨간 조형물이 보인다.

'뭘 상징하는 걸까? 커다란 안테나?'

남녀가 뒤섞인 탈의실.

칸막이나 커튼 따위는 없다.

'와, 안에 수영복 미리 입고 와서 다행이다.'

수영복 위로 두툼한 점프슈트를 껴입는다.

묵직하고 답답하다.

철썩철썩.
세로로 내리는 햇살 아래로 파도가 부서져 내린다.
연한 하늘빛의 바닷물이 거대하게 움직인다.
움직이는 물 표면 위로 빛이 단단하게 응축한다.
하염없이 반짝이지만, 눈부시지 않다.

오돌토돌한 연갈색 모래 위에 놓인 서프보드에 오른다.
강사님의 움직임을 보며 허공에 팔을 휘젓는다.

보드를 오른쪽 팔에 끼고, 드디어 바다를 향해 나아간다.
우렁찬 파도를 정면으로 마주할 시간.

보드 위에 올라타 상체를 일으키고,
보드 위에 발을 단단히 붙인다.
물살을 따라 몸이 위아래로 흔들거린다.

아홉 번째 시도.
물살의 거센 파동이 나를 넘어뜨린다.
짭짤한 바닷물이 입안에 들어온다.

기다란 살구색의 무언가가 투명한 물속에서 휘적댄다.

'뭐지? 아, 내 다리인가? 나, 다리가 있었던가?
몰라, 힘들어. 그냥 누워야지.'

짭짤한 공기를 담은 바람이 투명한 물결을 일으킨다.
난 이 노란 보드 하나만 믿고, 끝 모르는 바다 위에 떠 있다.
'하늘이 참 맑네.'

길 한가운데를 차지한. 거대한 빨간 조형물이 보인다.
'뭘 상징하는 걸까? 커다란 안테나?'

깊이를 가늠하는 무식한 방법

함부로 그 깊이를 가늠하는 지금.

얕을 듯하여 아무 준비 없이 뛰어든다.
앞으로 한 발짝 내딛고 땅을 지지하던 다른 발자국도 뗄 때,
내가 방심했음을 깨닫는다.
그러나 이미 늦었다.

깊을 듯하여 마음의 준비를 단단히 하고
숨을 깊게 흡 들이마신 후, 뛰어든다.
발이 바닥에 닿자마자 절대 깊지 않음을 깨닫는다.
그러나 이미 늦었다.

이런 순간들은 지속되고
나는 후회하고 아쉬워하기를 반복하지만,
아무렇게 가늠하고 아무렇게 뛰어드는 나의 습관은
끝까지 고쳐지지 않는다.

'대체 언제쯤 정신 차릴래.'라는 생각도 잠시.
수영하는 법을 배우면,
더욱 아무렇게나 뛰어들 나의 모습이 그려진다.

'그래, 어쩌겠어.

(수영은 못하지만, 잠수는 잘하는) 이게 나인걸.'

그렇기에

나는 깊든 얕든 그 모든 물 앞에서 숨을 참아야 한다.

예상대로 되지 않을 것을 알기에

이제 가늠 따위 하지 않는다.

그렇게

숨을 참고, 다시 발을 내딛는다.

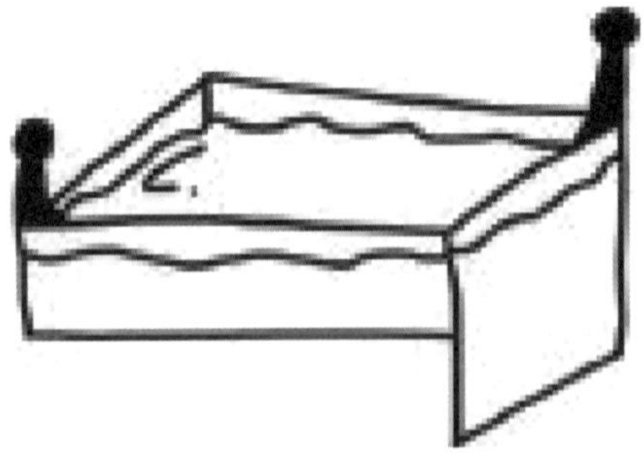

청량한 여름빛

1.

나무로 만들어진 선박 하나가 왼쪽으로 나아가고,
쇠로 만들어진 선박 하나가 오른쪽으로 나아간다.
그들은 그렇게 우윳빛 촉감의 수면을 가로지르며
하얀 물거품을 만든다.

길쭉한 일직선의 물거품은 물길의 흔적이 되고,
차곡차곡 쌓인 수면의 형태는 몰캉하다.

2.

네모난 프레임 속 왼쪽 귀퉁이에 있는
연둣빛 야자수 잎들은 꾸벅꾸벅 고개를 움직인다,

평행하게 쌓인 건물들 아래로
평행하게 펼쳐진 청색 수면.
그 위로 배 한 척이 운항한다.

길쭉한 일직선의 물거품은 물길의 흔적이 되고,
차곡차곡 쌓인 수면의 형태는 몰캉하다.

어디서나 나의 여름은

따스한 바람이 분다.

바람이 샥샥 소리를 내며 나무 사이를 스쳐 지나간다.

나뭇가지에 대롱대롱 매달린 이파리들은

스치면 손에 묻어날 것 같이 짙은 색을 살랑이며 맞부딪힌다.

나무 벤치에 앉아 양손을 무심히 내린다.

벤치의 겉면이 손등으로 느껴진다.

중간중간 갈라진 나무 틈 사이가 오돌토돌하다.

하늘을 향하는 오른쪽 손바닥 위로

작은 개미 한 마리가 올라와 손금 사이를 간질인다.

묵직한 베이스 소리와 경쾌한 드럼 소리가

이어폰에서 흘러 들어와 고막을 울린다[5].

어디서나 나의 여름은

활기찬 비트의 노래와 새파랗게 맑은 바람과

선명하고 진한 나뭇잎.

5)   OneRepublic - I Ain't Worried

그리고 이곳의 여름은

끈적이거나 불쾌하지 않은, 오히려 보송하고 상쾌한 공기.

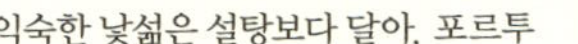

펼쳐진 하늘 아래, 자라난 바다

1.

빨갛게 차오른 태양.

지평선에 떠 있는 배 한 척.

소금기가 배어 있는 바람.

노을이 불타오르며 하늘과 바다를 물들인다.

배가 붉게 일렁이는 빛의 물살을 따라 항해한다.

바람이 수없이 불어오자 수많은 파도의 결이 보인다.

바다를 가로질러 온 짭짤한 풍경이다.

2.

온종일 타올랐던 불은 피곤함에 젖어 느릿느릿 꺼져간다.

지평선에 걸린 불꽃은 엷게 너울거린다.

빨간 색깔 숄을 두른 여자와 파란 줄무늬 옷을 입은 남자는

발그스름히 서로를 바라본다.

따끔따끔 터지는 폭죽과 닮은 초가을의 저녁이다.

3.

석양이 바다 아래로 사라진다.

노랗게 번지는 빛의 형태가 세로로 퍼진다.

파란 하늘이 열리고 선선한 기운이 내 안으로 들어온다.

해 질 무렵,

오묘하게 번져가는 그 삼색은

시간의 빛깔이다.

시간의 빛은 이곳에 배어들고,

이곳은 일상과 유리된 천국.

배가 붉게 일렁이는 빛의 물살을 따라 항해한다.

바람이 수없이 불어오자 수많은 파도의 결이 보인다.

이방인의 도피 방법

침대 위에 웅크려 있는, 불투명한 둥근 구슬.
그것은 표면까지 물을 찰랑이다가 이내 울컥울컥 뱉어낸다.
하얀 천이 액체로 뒤덮이며 둥근 얼룩이 사방으로 퍼진다.
거울을 보니 투명한 물그림자가 양 볼에 얼룩덜룩하다.

화장실에 가서 세면대에 물을 받고,
몸을 숙여 얼굴을 반쯤 담근다.

공기의 소리가 수면 위로 둥둥 떠다니고,
오므라졌다 부풀기를 반복하는 심장의 진동이
온몸에 퍼진다.

턱 밑으로 뚝뚝 떨어지는 물기를 닦고,
젖은 수건은 바닥에 버려둔 채
다시 침대로 가 녹아내린다.

그렇게 침대와 한 몸이 된 나는
이 공간의 진정한 일부가 된다.

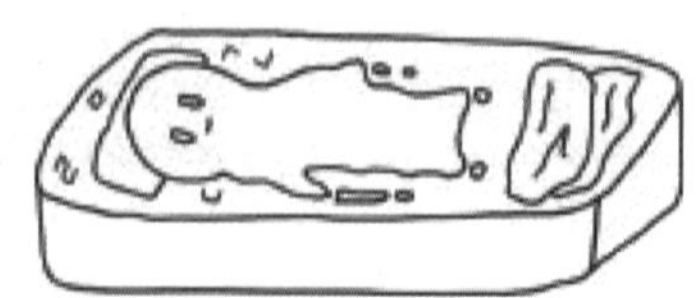

목소리도 없이 맨발로 번지는 숲 그림자

빠르게 돌아가는 고개를 따라 시간이 엇갈려 흘러간다.
잔상이 뚝뚝 끊기며 바뀐다.

왼쪽에는 무리 지은 건물로 가득하고,
오른쪽에는 강물이 천천히 흘러간다.

비스듬한 거리 위로 겹겹이 쌓인 건물들.
그 위로 나무의 실루엣이 번지자
주황빛 지붕이 검게 변한다.

바람에 따라 나무의 잎사귀가 흔들리고,
그림자 덩어리가 뭉툭하게 움직인다.

하늘을 본다.
눈이 부셔 오른손으로 태양을 가린다.
무지개 스펙트럼선이 손가락 틈 사이로 빠져나온다.

나무는 모여 숲이 되고, 숲 그림자는 한층 짙어지고,
햇살은 어룽거리며 바람에 따라 흩날린다.
나직한 그늘, 부드러운 바람.

비스듬한 거리 위로 겹겹이 쌓인 건물들.
그 위로 나무의 실루엣이 번진다.

달 아래 흐르는 물, 물 아래 번지는 밤

하늘의 빛이 슬금슬금 기어들어 간다.

야트막한 건물 언덕 아래로,

지평선 아래로.

어둠의 빛을 품은 구름은 어룽거리고,

하늘빛의 조각은 부서져 파편이 된다.

잘게 나뉜 그 빛의 입자들은 땅으로 떨어져 어둡게 반짝인다.

검푸른 강은 다리 아래서 느지막이 흐르고,

작은 사람들은 다리 아래서 속닥속닥 움직이며

저마다의 언어로 나지막이 이야기를 나눈다.

선선한 늦저녁의 공기.

엷은 바람이 여러 갈래로 나뉘어 나를 감싸 안는다.

그들이 익숙한 냄새를 싣고 돌아온다.

그것은 삶의 냄새.

놓치고 있었던 기억의 조각들이 이곳, 이국(異國)에도 있었다.

무늬 없는 강 위로 번져가는 불빛.

밤은 자라나고, 강은 깊어지고, 빛은 풍부하다.

오늘도 나의 세계는

지루하다.

고요하다.

잔잔하다.

평안하다.

무늬 없는 강 위로 번져가는 불빛.
밤은 자라나고, 강은 깊어지고, 빛은 풍부하다.

우리와 닮은 것들

눈을 번쩍 뜨고, 주위를 둘러본다.
어젯밤 나와 이야기했던 세 명의 소녀가 없다.
어젯밤 나를 그려준 세 명의 학생이 없다.

바삭거리는 시트 위.
뽀글머리의 소녀가 준 보라색 귀걸이만이 반짝거리고,
두 소녀가 준 두 개의 석고 방향제 향기만이 차오르며,
두 학생이 그려준 그림 두 점만이 다채롭게 빛난다.

어제의 기억 조각들이 소복이 쌓인다.
겹겹이 모인 시간에 가슴이 벅차오른다.

햇빛 한 줄기가 나무 탁자 위에 있는 공책을 말린다.
13분이 지나 더 이상 축축하지는 않지만,
아직도 공책 한쪽에 자리를 잡은 채 사라지지 않는 물 얼룩.

이불 위에 뻣뻣하게 놓인 두 다리를 본다.
빨갛게 헐어버린 오른쪽 무릎을 자세히 보니
딱딱하게 굳어버린 표피가 자리 잡고 있다.

우리와 닮은 그

상처는, 흉터는, 흔적은, 기억은, 시간은

투박하고, 단단하고, 자연스러우며

더없이 아름답다.

어제의 기억 조각들이 소복이 쌓인다.
겹겹이 모인 시간에 가슴이 벅차오른다.

추억과 회한

언덕에서 우연히 마주한 묘지는 죽은 사람을 위한 공간.
거리에서 우연히 마주한 의자는 산 사람을 위한 공간.

* 최근, 외할아버지께서 돌아가셨습니다. 그래서 이번 편은
할아버지가 몹시 아프셨을 때 엄마가 병원에 갔다 와서
제게 말해준 내용을 바탕으로 적은 글을 함께 담아봅니다.

노랗게 내려앉은 얼굴과 눈동자.
생기 넘치던 그 눈빛이 이미 희미해져버렸다.

힘없는 두 동그라미가 나를 보며 웃는다.
내가 보인다.
그 웃음에서 내가 보인다.

그렇게 다시 한번 깨닫는다.
내가 가장 사랑하는 나의 웃음은 그를 닮은 것이다.
나를 가장 사랑한 그를.

자신의 에너지를 잃어가는 와중에도
나를 사랑하는 마음은 잃지 않으려 노력한다.

그것이 열렬히 느껴진다.

슬프다.

빨리 회복되기를,
빨리 괜찮아지기를 기도했었다.

하지만 오늘,
너무 괴로워 보이는 그의 모습을 보자
그러지 못한다.

그래서 기도한다.
'더 힘들지 않기를.
꼭 가야만 한다면, 부디 편안히 가기를.'

아, 우리의 사랑은 잔인하게 아름답구나.

할아버지께서 생(生)을 마감하신 지 일주일이 지난 지금.
나의 생(生)은 너무나도 똑같이 흘러가고 있다.
여전히 행복하고, 슬프고, 화나고, 익숙하다.

가끔 엄마의 우는 소리가 들리면, 애써 모르는 척을 한다.
냉정하고 무관심하게 보이려나 싶기도 하지만,

'위로[6]'의 뜻을 찾아보니 그런 생각은 접어도 되겠다.

나에게 주어진 인생은 계속해서 살아가는 것.

마음껏 울 수 있도록 그녀만의 시간과 공간을 내주는 것.

이것이 나의 위로 방식이니까.

6) 따뜻한 말이나 행동으로 괴로움을 덜어 주거나 슬픔을 달래 줌.

자연스럽고 무리가 없는, 취해 있지 않은 삶이란

땅이 울린다.

아니, 다리가 울린다.

오른쪽에서는 자동차들이 쌩쌩 달리고,

왼쪽에서는 포르투의 야경이 한눈에 보인다.

한 곳에 시선이 머문다.

잿빛 연기를 풀풀 내며 고기를 굽는 아버지.

그런 아버지를 옹기종기 둘러싼 아이들과

평상에 누워 고기를 기다리는 한 명의 여자아이.

가슴 한편이 약하게 아린다.

이성의 끈을 싹둑싹둑 잘라내자

감성이 불쑥 고개를 내민다.

다채로운 감정은 아니다.

자극의 변화를 느끼는 성질이며

마음 한쪽에 있는 무언가를 깨달아 살피는 것이다.

같은 하루가 반복되고 같은 장소에 머무르기 시작하면서

어느 순간 빼꼼히 나타난 지루함을 인지한다.

포르투에도 기어이 권태가 찾아온다.
이제 새로움은 없고, 지루함은 크다.
여기서 나의 유일한 낙은 음식과 여유.

이 와중에도 여유를 느낄 수 있다는 것은
내가 아직 여행 중에 있기 때문일까?

여행은, 내가 느끼는 감정을 유예하지 않고 온전히 느끼며
나에게 닥치는 매 순간을 오롯이 나를 위해 살아도 된다는
쾌락(快諾)이다.

오늘은 어제와 분명히 '다르다'라는 것을 정식으로 표명하고,
비로소 내 의지대로 시간을 사용한다.

그렇다면 지금의 나는
사실상 여행보다는 일상에 더 가까우니,
일상에서 여유를 누리는 법을 깨달은 걸까?

익숙해진 삶에서 끝없는 즐거움을 찾는 방법을
언제쯤 터득할지는 모르겠지만,
(애초에 그런 방법이 실제로 존재하는지도 모르겠지만)

그래도 한 가지 확실한 건

혼자서는 즐기는 데 한계가 있다는 것이다.

'그래,

인간은 정말로 사회적 동물이다.'

블루베리 치즈 케이크

우연히 발견한 치즈 케이크 전문 카페.

멀찍이 투명한 진열대에 놓인,

어느 한 케이크의 자태를 보자마자

그것이 나의 것임을 선언하며 홀린 듯이 들어간다.

나의 눈을 사로잡은 '블루베리 & 포트와인 치즈 케이크'.

뽀얗고 하얀 치즈 케이크 위로

포동포동한 보랏빛 블루베리가 올라가고

끈끈한 자줏빛 포트와인 잼이 끈적하게 흘러내린다.

이토록 화려한 두 개의 곁들이를 가뿐히 무시하는,

꾸덕한 치즈의 품질.

'역시 곁들이는 곁들이일 뿐이라는 건가.'

그들도 그도, 서로의 맛을 방해하기는커녕

서로를 감싸고 어우러져 자연스러운 조화를 이룬다.

주변을 두리번두리번 둘러본다.

천장에 주렁주렁 매달린 식물들과

바닥에서 털털 돌아가는 작은 선풍기 하나.

책상을 둘러싼 채 도란도란 이야기하는 사람들과

책상 위에 놓인 텅 빈 접시 하나.

그들이 나의 하루를 방해하기는커녕

나를 감싸고 나와 어우러져

자연스러운 조화를 이룬다.

(덕분에 완벽해진 오늘 하루.)

접시에 묻어 있는 포트와인 잼을 포크로 콕 찍고는

포크 끝에 콕콕 묻어 있는 그것을 혀로 할짝댄다.

달짝지근하다.

뽀얗고 하얀 치즈 케이크 위로
포동포동한 보랏빛 블루베리가 올라가고
끈끈한 자줏빛 포트와인 잼이 끈적하게 흘러내린다.

데일리 루틴[7]

8시에 일어나

맛있는 것(나타, 에끌레어, 핀초스)을 먹으러 나간다.

9시에 민박집에 돌아와

청소를 하고 낮잠을 잔다.

3시에 다시 일어나

옷을 주섬주섬 껴입고 밖으로 나간다.

산책도 하고, 자연도 감상하고, 사람들도 구경하고,

불량시장에서 새로운 무언가를 찾아서 먹기도 한다.

(비가 오든 안 오든, 매일 한 번 이상 불량시장을 들린다.)

색다른 무언가를 발견하는 설렘과

익숙한 무언가에 안정되는 평화는

나에게 기쁨이 되어 온다.

그래, 나에게 일상이란

부메랑처럼, 메아리처럼

7) 매일 수행하는 데 사용되는 일련의 단계.

내게서 멀어진 듯 보여도 언젠가는 다시 나에게 돌아오며

일정한 궤도를

그린다.

푸른 고양이 도시

하늘을 떠다니는 차가운 바람이
아래로 떨어져 망각의 거리를 오른다.
앞으로 걸어갈 때마다 무한히 팽창하는 오르막.
이전의 것들은 사라지고 지금의 것들이 새로이 형성된다.

잠시 멈춰 서서 하늘을 본다.
건물의 벽에 거대한 고양이가 있다.
코발트블루 색깔의 털을 가진 고양이.

레몬빛 햇살이 그 벽면을 따라 내려온다.
나른한 고양이의 동작처럼 느릿하다.

사파이어 색깔을 띤 고양이가 높은 곳에서 나를 내려다본다.
노란 눈 두 개가 힘없이 보드랍다.

바람 조각을 머금은 하늘은 생생히 푸른 빛을 내뿜고,
바람을 가로지르며 나르는 잠자리의 퍼덕이는 날개처럼
바람 조각은 투명하게 반짝거린다.

오늘은 지겹고 따분하고 무료하고,
풍경은 예쁘고 흐뭇하고 청량하다.

푸른 고양이 도시에서 보내는 나의 하루는
고귀(高貴)한 고양이의 하루와 같다.

사파이어 색깔을 띤 고양이가 높은 곳에서 나를 내려다본다.
노란 눈 두 개가 힘없이 보드랍다.

결국 이곳도 사람 사는 곳

바람은 규칙적으로 불어오고,
구름은 끊임없이 움직인다.

한쪽에서 막 생겨나고 있는 구름이
거품처럼 뭉게뭉게 피어오르며
선명한 햇빛을 너그럽게 포옹하자
햇살이 얕게 넘실거린다.

도로 위 공사 소리는 시끄럽고,
차도 위 자동차들은 경적을 울리며 정체되며,
인도 위 사람들은 서로의 언어로 노닥거린다.
여러 소리가 뒤엉켜 나에게 밀려온다.

기념품을 파는 상점에 가기 위해 끝없는 오르막길을 오른다.
그러다 발견한 Igreja e Torre dos Clérigos 성당.

성당의 계단 위로 올라와 도시를 내려다본다.
한눈에 보이는 포르투의 전경.
포르투가 정말 가파른 도시라는 것을 새삼 느낀다.

'와, 이렇게 완벽한 V자라니.
다들 관절은 안녕하신가….'

이곳에 거주하는 모든 사람,
특히 모든 할머니와 할아버지가
대단하게 느껴지는 지금이다.

성당의 계단 위로 올라와 도시를 내려다본다.
한눈에 보이는 포르투의 전경.
포르투가 정말 가파른 도시라는 것을 새삼 느낀다.

혼밥: 주어진 여유로움 속 소박한 행복

1. (볼량시장)

게살 핀초스: 매콤한 양념과의 조화. 씹는 재미가 있음.

Caprese 핀초스: 바질페스토 소스, 토마토, 치즈가 들어간 건데 토마토랑 치즈가 신선하고 바질페스토 향은 향긋함.

파프리카 + 참치 핀초스: 참치 통조림을 긁어서 파프리카 안에 넣은 맛, 그 이상도 그 이하도 아님.

대구 소시지 + 계란 + 치즈 핀초스: 치즈를 포함해서 한입에 먹는 순간 꼬 릿한 향이 확 나면서 소시지랑 계란 맛은 가뿐히 무시. 치즈 자체의 문제이 기보단 조화로움의 문제인 듯.

홍합 핀초스: 처음엔 처음에는 토마토랑 홍합 향이 같이 나다가 끝에는 바 다향이 남. 홍합의 신선함이 느껴지고, 토마토소스가 홍합이랑 잘 어울림.

양파 + 소시지 핀초스: 소시지는 덜 짜고 훈제 소시지처럼 불향이 남. 달큰 하게 양념 된 양파와의 조화가 좋음.

블랙푸딩 핀초스: 녹색 소스는 매콤한데 상큼하고, 블랙푸딩의 짭짤한 맛

이랑 루콜라의 향긋한 향이 조화로움.

2. (푸드트럭)

두부 바오: 튀긴 두부 + 마늘 플레이크 + 달달한 망고 소스 + 단무지. 두부가 마치 육질이 부드러운 고기를 씹는 것 같고, 두부와 부재료들과의 조화도 아주 잘 어울림.

잭 바오: 새콤한 듯 시큼함.

삼겹살 바오: 양념이 된 삼겹살 + 달달한 땅콩 가루 + 신선한 채소. 이 자체로 완벽.

혼자 밥을 먹는 행위는
주어진 여유로움 속 소박한 행복을 실현하는 것.

가을빛이 석양 속에서 신호 전 출발

태양에서 솟아오르는 빨간 열기와

땅 곳곳에 켜진 노란 조명의 빛얼룩이 섞여

공기는 주황빛 반짝임을 뿜는다.

태양에서 솟아오르는 빨간 열기와

땅 위로 흐르는 물의 미끈한 표면이 섞여

도루강은 푸른 라일락 빛의 반짝임을 찰랑인다.

데굴데굴 구르는 눈알 한 쌍이 이리저리 돌아다닌다.

그 두 눈알 위를 덮은 투명하게 갈아 만든 두 개의 막.

이것은 나의 얼굴에 자리를 잡아 나만의 렌즈가 된다.

사방에서 뿜어내는 반짝임은 그것을 매끈하게 덮는다.

눈꺼풀이 내려가고 올라갈 때마다

작은 빛들이 잠깐 사라지다가 나타난다.

꼬물꼬물 앞으로 나아가는 배의 겉면에 검은 그늘이 진다.

어둠에 포근하게 싸인 그것은 물의 표면을 가르고,

동루이스 다리 위를 달리는 자동차들은 물 위를 가로지른다.

하늘을 가로지르는 붉고 푸른 빛의 농도는

서서한 단계로 섞이며 연보랏빛 흔적을 남긴다.

하늘을 가로지르는 붉고 푸른 빛의 농도는

서서한 단계로 섞이며 연보랏빛 흔적을 남긴다.

눈부시게 사라질 순간의 안쪽

1.

가을바람이 콧구멍을 간질인다.

곧게 선 나무가 사락사락 소리를 낸다.

생생한 초록들 사이로 바삭하게 말라버린 나뭇잎 하나가

앙상한 나뭇가지의 끝부분에서 뚝 떨어진다.

이곳의 계절이 변화한다.

어느새 희미해져 버린 루비빛 여름.

태양의 빛깔이 갈빛으로 밝다.

거대한 녹음이 점점 짙어지며 나의 심상을 드리우고,

그 속에 있던 초록빛 생기는 이내 차분하게 잠잠하다.

바스락바스락.

박하 맛 사탕을 입안에 넣는다.

2.

지평선 가득 물이 찬 풍경을 바라보는 그들 속으로 들어간다.

나도 그들과 똑같은 풍경을 바라보며 오늘을 되돌아본다.

기억이 입에 고이고, 사탕이 혀 위에서 사르르 녹아내리자

입안이 개운하다.

지금, 이 순간도 언젠가 사라지겠지만,

이 눈부심은 나와 함께 맴돌 것이고,

그 잔해는 유유히 흘러들어 상쾌한 향기로 남을 것이다.

어찌저찌 통하기는 하는, 좁은 길

히바이루 광장을 향해 뻗은 여러 갈래의 거리들.
그곳에 가기 위해 이제껏 다닌 대로변이 아닌,
좁은 골목길을 굳이 찾아 나선다.

때 묻은 바닥.
금이 간 건물.
실시간으로 갈라지고 있는 빛바랜 페인트.
골목 곳곳에 묻어 있는 세월의 흔적이 예쁘다.

땅바닥을 디디고 있는 나의 발,
주변을 돌아보고 있는 나의 눈,
무수한 허공을 휘젓는 나의 손.
나는 지금 이곳에 존재한다.

나의 냄새, 나의 흔적, 나의 존재가
이 순간을 만들어낸다.

돌벽의 평평한 꼭대기 위에 올라가 앉는다.
나의 다리는 공중에 뜬 채 앞뒤로 움직인다.

대각선 아래로 보이는 금발의 여자아이 두 명.
그들은 바닥에 돗자리를 깔고 눕는다.

돗자리 위에 놓인 작은 태블릿에서는
경쾌한 비트의 노래가 잔잔하게 흘러나오고,
귀여운 아이들이 엎드린 채 크레파스로 그림을 그린다.

돗자리 왼쪽에 있는 현관문 앞에서는
한 여자가 아이들을 흐뭇하게 바라보고 있다.

활짝 열린 문밖으로 한 남자가 나온다.
목이 다 늘어난 하얀 런닝구를 입고 있는 남자.

하늘을 본다.
세 마리의 검은 새가 구름 아래서 날아다닌다.
창문 밖으로 툭 튀어나온 나무 막대기 위에 걸린 옷 몇 개와
넓은 원반 모양의 안테나를 연결하는 전선들은
흐물흐물하게 밑으로 늘어진다.

오늘도
날씨는 너무나도 맑고
나는 너무나도 여유롭다.

골목 곳곳에 묻어 있는 세월의 흔적이 예쁘다.

가을을 품은 테라스

테라스로 통하는 문이 하나 보인다.
투명한 유리가 검은 프레임으로 둘러싸인,
길쭉한 직사각형 모양의 여닫이문.

네모 안에 갇힌 풍경은 묵직한 주황색이다.
어느새 사라져 버린 싱그러운 여름의 색깔.
양옆으로 살랑이는 투명한 바람과
그 바람을 따라 자잘히 움직이는 나뭇잎들.

드르륵.
검은색 손잡이를 잡고 천천히 앞으로 밀자
문틈 사이로 바람이 조금씩 새어 들어온다.

문턱을 넘어 진갈색의 나무 갑판에 발을 디딘다.
울퉁불퉁하게 난 길쭉한 실선들이 내 발에 눌린다.

고개를 젖혀 하늘을 본다.
높고 푸르다.

파라솔 아래 누운 새하얀 고양이 한 마리.

바스락거리며 땅에 배어드는, 갈변한 이파리 여러 개.

서늘한 바람에서 불어오는 상쾌한 가을향기.

'아, 나는 방금 가을로 들어서는 문턱을 넘었다.'

그 속에는 숨겨진 필살기가 있어

어제와 똑같은 해가 뜨고,
어제와 똑같은 곳에서 눈을 뜬다.

여전히 바람은 불고,
사람들은 저마다의 이유로 바쁘다.

그들 속에서 계획 없는 나날을 지내며
그저 흘러가는 대로 살아간 요즘.

오늘은 포르투 그리고 유럽에서의
마지막 휴일이자 일이 없는 일요일이라
오랜만에 침대가 아닌 의자에 앉아 공책을 꺼내고
본격적으로 계획을 짠다.

우선 창문으로 들어오는 공기를 온몸으로 느낀다.
살짝 답답하고 뜨듯하다.
'바다에 가서 수영이나 할까?'

큼큼. 크흠.
목구멍에서 이물질이 느껴진다.

갑자기 기도의 점막이 자극을 받아 숨을 터트려 낸다.

'아, 오늘 바다 수영을 했다가는
내일의 내가 오늘의 나를 엄청나게 원망하겠군.'

그렇게 바다에 대한 생각이 막을 내리고,
정리된 생각을 공책에 글로 써 내려간다.

[오늘 할 일]

1. Jardins do Palácio de Cristal 공원 가기.

   (오늘이 아니면 평생 못 갈 거 같아서)

2. 아이스크림 사 먹기.

바다 수영을 못 하는 것에 대한 아쉬움이
마음속에서 모락모락 피어오른다.
그래서 그러한 감정에 대적할 수 있는,
나름 타당한 이론을 만들어낸다.

'그래, 바다는 한국에서도 갈 수 있지만
크리스탈 공원은 여기에만 있어!'

가슴 한가운데에 떠 있던 자그마한 감정에 금이 가고
조금씩 분열되자, 그 가루들이 아래로 후두두 떨어진다.

공원에 도착해서 요리조리 돌아다니며 시간을 보낸다.
약 5시간이 지나자
벽돌 지붕의 주황빛이 뚜렷해지고,
진파랑이었던 물빛은 점점 탁해진다.

단단한 하늘을 가로지르는 수많은 직선과 한 줄의 비행선은
어느새 사라지고, 선명한 반달 하나가 뜬다.
구름 한 점 없는 낭랑한 하늘에.

아이스크림 트럭이 온다.
뽀글한 턱수염을 한 아저씨가 아이스크림 간판을 세운다.

아이스박스가 열리자, 냉기와 함께 나타난 아이스크림들.
그들 사이로 빨갛게 'Rol'이라고 적힌 아이스크림이 보인다.
(겉보기에는 그저 평범한 초콜릿 아이스크림 같지만,

왠지 이것을 선택해야만 할 깃 같다.)

오도독. 오도독.
겉에 있는 초콜릿 코팅을 씹으니
안에 있던 바닐라 크림이 주르륵 나온다.
그리고 더 안에 있던 노란색 무언가가 쫄깃하게 씹힌다.
그것을 씹자마자 이 아이스크림은
그냥 달기만 한 초코아이스크림에서

달달하고 고소한 고구마(?) 초코아이스크림으로 변한다.

'와, 이거 만든 사람 뭐지?

단순한 외형에 이렇게나 매력적인 필살기를 숨겨 놓는다고?

아, 매 순간이 축복이구나.

남은 3일도 행복하게 잘 지내겠다.'

가볍게 여겨지는 일상

늦은 아침.
강렬한 햇살이 높게 비치고,
커튼이 없는 창에 쨍하다.

태양은 밝은 조명이 되어 나의 얼굴에 내리쬔다.
그 빛은 점점 뜨거워지며 나를 깨운다.
그 효과는 느릿하지만 확실하다.

침대 아래에 벗어둔 회색 슬리퍼를 신는다.
몽실한 단발머리 그림자 하나가 흰색 벽면에 나타난다.

타닥타닥.
경쾌한 발소리를 내며 부엌으로 올라간다.

드르륵.
방석이 설치된 의자 하나를 빼서 풀썩 앉는다.

쿠키를 와그작 씹는다.
직사각형 이빨들이 쿠키의 단단한 표면을 자른다.

오도독. 오도독.
조각조각 나뉜 단편들이 입안에서 이리저리 움직인다.

작게 부서진 초콜릿 칩들은
이빨에 쫀득하게 눌어붙어 끈적하게 딸려 오고,
잘게 부서진 아몬드 껍질들은 이빨 사이에 낀다.

뭉텅하고 둥근 살덩어리가 이빨 사이를 헤집는다.
뭉텅한 끝 면이 울퉁불퉁한 표면의 어금니 중앙에 닿는다.

혀의 표면에 난 돌기들이 그 틈 사이에 비집고 들어가
달달한 흑갈색 덩어리와 고소한 껍질 조각을 빼낸다.
성공이다.

포트와인을 입에 머금는다.
28개의 이빨로 검붉은 액체를 삼싸 쥔다.
아몬드 향이 입안 곳곳에 퍼진다.
이빨 사이사이에 향기를 걸쳐둔다.

꿀떡꿀떡.
포도주가 기도를 따라 내려간다.
기도가 점점 뜨거워진다.

나의 몸을 통제했던 뇌가 일렁일렁 움직인다.

창밖으로 보이는 나뭇잎은 얄랑얄랑 움직인다.

산들거리는 초록 바람.

한가롭다.

몽실한 단발머리 그림자 하나가
흰색 벽면에 나타난다.

몽실한 단발머리 그림자 하나가
흰색 벽면에 나타난다.

나비의 날갯짓

이 순간은 영원할 것이다.

보드라운 우유 생크림 케이크를 산 순간.

버스에 타자마자 한 자리를 차지한 순간.

강가에 앉아 맥주를 마신 순간.

그 케이크를 판 돈으로 손주의 선물을 산 빵집 할머니.

손주는 그 장난감을 학교에 들고 가 자랑할 것이고

다른 이들은 부러워하며 그들의 부모에게 떼를 쓸 것이다.

내가 자리를 차지함으로써 1인용 의자는 더 이상 없다.

나의 뒤로 뒤늦게 들어온 승객이 2인용 좌석에 앉는다.

더 늦게 들어온 승객이 그의 옆에 앉는다.

이윽고 정신을 차려보니 그들은 서로 이야기를 나눈다.

시선이 느껴져 주변을 둘러본다.

어떤 이가 나를 뚫어져라 쳐다본다.

여전히 따가운 시선을 무시하고 강가를 한없이 바라본다.

아직도 손에는 맥주를 든 채.

떠날 때가 된 것 같아 조심히 일어나서 엉덩이를 툭툭 턴다.

쓰레기통을 찾으러 가는 길.

나와 같은 맥주를 마시며 강가를 바라보는 그.

이 순간은 영원할 것이다.

나와 너의 기록 속에서,

나와 너의 기억 속에서,

나와 너의 모습 속에서.

보이지 않는 끈에 연결되어 이어져 있는 우리 모두를

자각(自覺)하는 순간.

빛을 따라 집으로 가는 길

마지막 태양이 지평선 아래로 내려간다.

연해진 햇빛이 조각조각 부서지고,

그토록 여리던 그것은 결국 파편이 되어 사라진다.

주변이 어둠에 지워지기 시작한다.

건물의 창문에 맺힌 빛은 붉게 타오르다 금세 꺼져버린다.

어둠이 나붓이 내리자, 주변은 깜깜나라가 된다.

검정으로 범벅이 되어버린 지금이 나를 압도적으로 짓누른다.

'이제 정말 끝이구나.'

어제와 다른, 새로운 사람들이 지나가고 나를 지나친다.

그들은 나의 길 위에 발을 내밀고,

나는 그들의 길 위에 발을 내민다.

우리는 완전히 겹치진 않지만,

그렇게 서로에게 보잘것없이 사소한 영향을 미친다.

지금까지의 기억들을

서걱서걱 자르고 싹둑싹둑 조각내고 뽀득뽀득 씻어내자

우울했던 순간들은 파사삭 사라지고,
새초롬한 빛깔을 띠는 추억이 되어 포근히 안긴다.

'그래, 이제껏 경험한 나의 모든 경험은
참으로 새콤하고 달콤하고 풋풋한, 청춘의 단편(斷片)이었다.'

어제와는 다른, 새로운 사람들이 지나가고 나를 지나친다.
그들은 나의 길 위에 발을 내밀고,
나는 그들의 길 위에 발을 내민다.
우리는 완전히 겹치진 않지만,
그렇게 서로에게 보잘것없이 사소한 영향을 미친다.

글을 마치며

#작가의 말

안녕하세요.
작가의 말입니다.

1. 일상에 대하여

아무 일도 일어나지 않는 것처럼 보이는 나날 속에서
무언가를 조금씩 잃고, 또 얻고 있음을 느낍니다.
언뜻 보기에는 어떠한 변화도 없는 것 같겠지만,
그 안에서만 일어나는 고요한 변형이 분명히 있겠지요.

일상은 우리가 마주하는 가장 긴 여행이라고 생각합니다.
정해진 지도는 없고, 끝도 명확하지 않으며,
스스로도 어디로 가는지조차 모른 채

끊임없이 이동하는 여행.

반복되는 풍경과 관계 속에서도 달라지는 자신을 마주하며,
이 안에서 내가 어떤 사람인지 조금씩 선명하게 드러납니다.

결국 우리는 이 평범한 날들 속에서
'내가 누구인지'를 가장 깊이 목격하게 됩니다.
그러니, 일상은 가장 고요하고 깊은 땅속에 묻힌
거대한 보물창고인 거겠지요.

2. 후속편에 대하여

여행은 '쉼'을 상징한다고 생각합니다.
그래서 『감각의 순간: 유럽 여행 편』을 만들 때는
일부러 여백을 많이 두었습니다.

그 여백 속에 독자들이 자신만의 숨을 고르고,
각자의 감각으로 순간을 채워나가길 바랐습니다.

그러나 이번에는 조금 다른 방식을 택했습니다.
일상은 '균형'에 더 가깝다고 느꼈기 때문입니다.
여백을 줄여 전체적인 균형을 맞추려 애썼습니다.

바쁘고 흔들리는 나날 속에서도
잠깐 멈추어 글을 읽는 순간만큼은
당신의 하루가 조용히 균형을 되찾을 수 있기를 바랍니다.

3. 결론

변하지 않는다는 건 없기에,
현재에 더욱 마음을 두려 합니다.
일상에서 사소하게 변화하는 것들을
인지하고 온전히 느끼는 삶을 살고 싶습니다.

Cookie.

#일기조각

2023년 8월 28일, 포르투갈에서 스태프로 일한 지 하루.

오늘은 오랜만에 일찍 일어나서 아침으로 사과를 먹고,

거리로 나가서 나타(에그타르트)를 사 먹고,

다시 숙소로 돌아와서 일과 관련된 설명을 들었다.

빨래, 침구 정리, 정원 권리, 손님 관리, 각종 청소까지.

할 일이 생각보다 많아서 당황했지만,

아무것도 할 것이 없는 것보다는 분명 낫다!

점심으로는 포르투갈 전통음식 '프란세지냐'를 먹었다.

요리사가 식빵 사이에 각종 가공육을 넣고는

그것을 치즈로 완전히 감싼 후,

윗면에 반숙 계란을 올리고 전용 소스를 붓는다.

완성되어 나온 그것을 칼로 자르니,

노른자가 톡 터져 노란색 액체가 흘러내리고

위에 맺혀있던 묽은 소스들이 양옆으로 줄줄 흐른다.

깔끔하게 잘린 단면이 보인다.

위에서부터 가지런히 놓인 재료들.

치즈 + 식빵 + 치즈 + 햄 + 고기 + 소세지 + 치즈 + 식빵.

굳이 맛을 설명하자면, 치즈와 햄을 넣은 샌드위치에

해장국 맛이 나는 짭짤한 소스를 끼얹은 것 같다.

지금은 공원에서 쉬고 있는데 너무 여유롭고 행복하다~

따스한 햇살, 나뭇잎 사이로 들어오는 햇빛, 여유로운 사람들.

참 좋다 :)

2023년 8월 29일.

* <우리와 닮은 것들>에 나온 세 명의 소녀에 관한 이야기.

볼량시장에서 그림을 그리며 앉아 있는데,
까무잡잡한 피부가 매력적인 한 친구가 나에게 말을 걸었다.

짧게 잡담을 하고 같이 사진을 찍고 작별 인사를 했는데,
다시 쭈뼛쭈뼛 계단을 내려와서 나에게 다가왔다.
자신의 친구들과 오늘 하루 동안 같이 놀자는 것이다.

사실 그 친구들이 위험한 사람이었을 수도 있고
그로 인해 나도 엄청 위험한 상황에 놓였을 수도 있었지만,
그들의 눈빛이 나의 걱정을 말끔하게 지워버렸다.
그래서 그림 그리는 것을 멈추고 같이 놀러 나갔다.

- Emily: 4가지 맛의 예쁜 사탕들을 준 기독교인 친구, 자연을 사랑한다.
- Joana: 가장 먼저 내게 말을 걸어주고 장미 모양 방향제를 준 아프리카
  계 흑인 친구, 흥이 많다.
- Billua: 보라색 귀걸이와 화분 모양 방향제를 준 뽀글머리 친구, 작은 도
  시와 화려한 액세서리를 좋아한다.

2023년 9월 11일, 유럽에 온 지 225일째.

너무 안정적이고 여유롭고 평화로운 생활을 하는 요즘이다.
지금은 악동뮤지션의 [후라이의 꿈]을 듣고 있는데,
문득 이런 생각이 든다.
'호기심도 많고 에너지도 넘치던 내가 지금은 많이 변했구나.'
사실 이러한 생각은 유럽 여행, 아니 더 정확히 말하면,
이동하는 삶에 지치고 질린 순간부터 해왔다.

하지만 오늘은 나의 감정이 더 애처롭게 느껴진다.
단조로움과 생기는 함께 할 수 없는 걸까?
생기 없는 어른, 엄마, 아줌마, 할머니가 되기는 싫은데.
힘들었지만 반짝였던 예전의 나에서
단조로운 내가 된 것 같은 요즘이다.
예전보다는 감정의 폭도 좁아졌다.

[사이키 쿠스오의 재난]이라는 애니메이션에 나온 대사가
생각난다: 분노와 슬픔이 없으면 기쁨과 즐거움도 없다.
그럼, 분노와 슬픔이 크면 그만큼 기쁨과 즐거움도 크고
그 반대면 기쁨과 즐거움도 작게 느껴지는 게 당연한가 싶다.

며칠 전까지만 해도 일상을 쉽게 느끼면서 잘 살아갈 수 있을
것이라 확신했는데, 참 안일했고 여전히 난 연약하구나.

2023년 9월 13일.

요즘 나의 머릿속은 마치 걱정 없는 백수의 뇌랄까….

사실 청소라는 업무는 육체노동이다 보니

일을 하면서는 어떠한 생각도 들지 않다가

그 일이 끝나면 아래의 그림대로 뇌가 바뀐다.

영상을 이루는 프레임이 툭툭 끊기며 바뀌듯이.

그런데 오늘은 오랜만에 나의 인간관계에 대해 생각해봤다.

지금 내 주변에는 내가 떠올리는 사람들이 없다.

그러나 이렇게나마 그들을 나의 뇌에 그리는 행위는,

그냥 믿는 것이다. 그토록 연습을 해왔기 때문에 가능한,

서로를 믿고 떠나고 떠나보내고 다시금 떠올리는 행위.

우리 서로의 인생이

우리 각자의 인생이

온전해지기 위해서

이곳에서 그곳에서

우리 서로를 위해

우리 각자를 위해

(잘) 지내자.

2023년 9월 25일, 한국 가기 3일 전.

소매치기를 당했다.

일단 지금은 혹시나하고 한국에서 들고 온 공기계를 쓰고 있다. 문제는 너무 오래된 휴대폰(2015년도 LG 폰)이라 렉이 심하고, 이 기기와 호환이 안 되어서 다운을 할 수 없는 앱들도 많고, 구글맵에서 위치도 안 잡혀서 와이파이가 있어도 휴대폰을 이용해 길을 찾을 방법이 없다는 것이다.

그래도 이건 약과다. 더 문제는 카카오톡, 인스타 등 즉각적인 연락이 가능한 수단에는 로그인이 되지 않아서 네이버 이메일만이 연락이 되는 유일한 수단이다. 은행 앱도 안 들어가져서 내 카드에 얼마나 있는지. 아니, 애초에 있기는 한 건지…. 돈의 생존 여부를 모른다.

인천공항에서 동대구역까지 가는 리무진을 미리 '티머니go' 앱을 통해서 예매를 해뒀는데, 이 휴대폰에서는 로그인이 안 된다. 그래서 현장에서 다시 구매해야 하는데, 카드에 돈이 정말로 없다면…. 와우. 한국에 도착해도 집에는 못 간다.

근데 이것보다도 더욱 큰 문제는 내 휴대폰 케이스에 내 비자를 증명할 수 있는 카드. 그러니까 유럽 거주 허가를 인정받음을 증명할 수 있는 카드가 있다는 것이다. 여기 올 때 여권에 비자 관련 스티커는 받지 않았기에 그 카드가 내 비자를 증명할 수 있는 유일한 수단인데, 그것마저 휴대폰과 함께 사라진 꼴이다. 하하….

사장님 말로는 내가 공항에서 비자를 증명하지 못하면 불법체류자가 된다는데…. 휴대폰이든 동대구역이든 집이든 다 상관없으니 그냥 일단 한국에나 무사히 가면 좋겠다. 진짜. 제발요….

그래도 하루라도 남은 게 어디냐 생각하며, 내가 여기서 할 수 있는 최선은 다해봐야지. 힘…. 힘내자.

[유럽 가기 전 팁!]
– 공기계도 성능이 좋은 것일수록 좋지만 오래된 휴대폰이나 잘 작동이 안 되는 휴대폰이라도 큰 도움이 된다.
– 계란을 한 바구니에 담지 말자. 여권 따로 비자 따로 현금 따로 카드 따로.
– 휴대폰에 중요한 정보들을 다 저장하고 있더라도, 복사하든 스캔하든 수기로 작성하든 오프라인으로도 꼭 가지고 있자.
– 여행자보험은 꼭 들어놓자. (난 학생 보험이 7월 말에 끝났기 때문에 지금은 아무 보상을 받을 수 없다.)

무엇보다
– 언제든 방심하지 말자!

2023년 9월 26일, 한국 가기 이틀 전.

포르투 그리고 유럽에서의 삶이 벌써 끝이 났다.

플릭스 버스 불나서 베를린 못 가고, 비행기 날짜 잘못 설정해서 변경한다
고 수수료 30만 원 내고, 유럽 오자마자 감기 걸리고, 8월 한 달간 혼자 유
럽 여행 시작하자마자 또 감기 걸리고, 포르투 와서 또또 감기 걸리고, 동유
럽 여행하고 네덜란드 오자마자 장염 걸리고, 비행기에 자리 없어서 비행기
못 타고, ns기차에서 졸다가 종점역까지 가고, 어제는 휴대폰이랑 거주허
가증 도난당하고….

참 역동적이고 짜증 나는 일들이 많았지만, 이런 일들이 있었기에 지금의
난 과거의 나보다 성장했을까?

하지만 그럼에도 여전히 너무 약하고 불안정한 나. 그리고 이 약함과 불안
정함은 아마 평생 떨쳐낼 수 없을 것이다. 그러니 이젠 이 약함과 불안정함
을 받아들이고 좋아해 보려 한다.

시간은 계속해서 흐른다. 내 감정과 내 상황이 어떻든. 그러니 집착하지 말
자. 시간과 함께 나아가자. 함께 흘러가자. 원래부터 내 것이었던 것은 없
다. 돈도, 물건도, 사람도, 환경도. 그러니 없어도 자연스럽게 살아가자. 그
무엇도 그 누구도 완전히 소유할 순 없음을 받아들이며.

The End

모두의 눈에 들 수 없음을 잘 알기에,
당신이 저의 책을 선택해 주셔서 참 기쁩니다.